石兆佳 ◎ 著

SHOUHUO DE SHIJIAN

牧获的时间

云南民族出版社

图书在版编目（CIP）数据

收获的时间 / 石兆佳著. —昆明：云南民族出版社，2016.7
ISBN 978-7-5367-7150-5

Ⅰ.①收… Ⅱ.①石… Ⅲ.①中国文学－当代文学－作品综合集 Ⅳ.①I217.2

中国版本图书馆CIP数据核字（2016）第173894号

收 获 的 时 间

石兆佳　著

责任编辑	董　艾
封面设计	蒋　骅

出版发行	云南民族出版社
	（昆明市环城西路170号云南民族大厦5楼　邮编：650032）
邮　箱	ynbook@vip.163.com
印　制	云南灵彩印务包装有限公司
	（昆明市五华区普吉街道办事处联家社区范家营村200号）
开　本	889mm×1194mm　1/32
印　张	5.75
字　数	138千
版　次	2016年7月第1版
印　次	2016年7月第1次
印　数	1~1000册
定　价	28.00元

ISBN 978-7-5367-7150-5

用大半生来熬的一帖药

郭建强[※]

为石兆佳女士新作《收获的时间》作序一事，拖拖沓沓地耗时一年，应是我的工作的拖延史上最为显著的一个案例了。除去种种客观原因外，自身能力有限，当是主因之主因。

然而，承蒙兆佳女士看重，并且时时以短信、微信问候，我只能勉而为之了。兆佳是我复旦大学作家班的同学，1992年上海一别，真如鸿沟深堑一般，将我和大多数同学分划开了。虽是太平盛世，却一样暗藏着各自寻路、各过生活的苛严逻辑。在这一点上，我觉得这般年月中的人们，情谊还未必赶得上战乱荒灾时期的离别真情了呢。这又是我们这一代人共同享有的命运滋味的一种吧。

于是，回想起在复旦的种种愉悦和舒适来。当时，我是一个从未离开过西宁周边的青年，工作是冶炼金属铝。一下子来到上海，来到复旦大学中文系，侧耳得闻陈思和、朱立元、王振复等等学者专家传业授道；或屏息仰面，聆听格非、王安忆、孙甘露、吴亮、马原等等文坛悍勇舌灿莲花，心中的震荡可以

[※]作者为著名诗人，青海省作协副主席，《西海都市报》副主编。

说是非笔墨能够言传。渐渐知道同学们来自天南地北，除却少数见过大世面大阵仗大人物的高大尚同学，大多数其实和我一样来自基层甚至底层。向学求道之心是纯粹的。那么，如我一般内心风雷激荡者，恐怕也不是一个吧。

可是，必须说明，在复旦的生活其实是过渡性质的。在伟大的、被无数人缅怀的20世纪80年代过去后，生存之艰犬牙交错般展现在每一个人的面前了。梁园虽好，不是久留之地。文学虽美，还需稻粱。在不足两年的麻醉般地浸于知识与美的享受之后，同学们各奔东西了。

接下来的十年，或者更长时间，我相信大多数同学都经历了社会和人生的必然的淘洗。"在清水里泡三次，在血水里浴三次，在碱水里煮三次"……凡此种种，对每个心灵都是考验和拷问。留下来写作的同学自然少了，曾经在写作上只是刚刚迈步的同学，能坚持的就更是不多了。

石兆佳是其中的一位。在此之前，拜网络世界所赐，我和一些同学竟联系上了，并惊喜于在深海游弋时碰撞到发小故友的那种讶然和新鲜。于是，收到石兆佳寄来的两册大著，一为《岁月的泡沫》，一为《花开的声音》。翻读，石兆佳的生活之路，以及生存和岁月种种施之予人的问难和馈赠，扣纸可闻。这是一个普通人的叙述、吟唱和思绪，其情也真，其文也朴，遂引叹息。同学们知道石兆佳是个单纯的人，在复旦时发言行事率真而为，难见成熟之人的那种慎查，因此，更可以想见之后生活的种种不易来。也因此对于她坚守初心，秉烛写作的姿态心生敬意。

《收获的时间》一书，在体裁组成上和前两本书一样，仍是小说、散文、报告文学和诗歌的合集。品读其诗其文，首先会被作家来自生命深处的感觉、认识和思考所打动。石兆佳身具一种执拗的精神，那就是无论在实际生活中的境遇如何，始终不懈怠一个文人、一个作家对于人间的观察和书写。因此，在这本书里，读者会不时遇到作家对于外界，也对于自己的种种审察和思辨。这种观察、拷问和思辨在小说中以夸张、变形的形态出现，在报告文学和散文中则显示了一种严整、缜密和自在；回到诗歌中，语态又是单纯，甚至是浪漫的了。石兆佳称自己的写作，"是用大半生来熬的一帖药"，这话不虚。

　　在文坛，在文学史中，其实也是处处掩藏着和暴露着某种偏见和歧视。这一点，对无名作者尤甚。然而，我想文坛或者文学一样应是一个多元多样的区域。这里既不能缺少读者、出版家、高端作家，也应该给普通作者留有一席之地。契诃夫说过，大狗要叫，小狗也要叫。而我认为，很多小狗的叫声也是非常动人的，况且，大狗是由小狗长成的。对于石兆佳而言，现在是到收获的时候了。我衷心祝愿她不仅仅收获文学果实，还应该摘下人生的其他果实。

自　序

维特根斯坦说："思想有耕耘的时间和收获的时间。"我想，现在是到了我的思想收获的时间了吧。

一个人用一个好桶和一个有裂缝的桶去挑水，有裂缝的桶一路漏水，每次回到家，这个桶里都只剩下半桶水。一年后，这个桶对主人说，我害你每次只挑回一桶半水，你不觉得很亏吗？主人说："你看到你在的这一边，沿途路上都有花吗？另外一边却没有。我在你的这一边路上洒了花种，你漏掉的水，都浇了花。我每天早上的餐桌上，都摆着这条路上采来的花啊！"

我想，我就是这个有裂缝的桶。而这本书，就是读者您餐桌上看到的一朵花。

维特根斯坦还说："需要思考是一回事，而有进行思考的才能是另一回事。"我小学毕业的时候，班主任在我的评语里写道："具有独立思考、分析问题和解决问题的能力。"我记得母亲为此既有点高兴，又有点焦虑。然而，正是这句话给了我力量，使我一辈子读书、编书、校书、写书。我想，是上帝在我经过的路上洒下了花种，使我的半桶水没有白流，而是浇了沿途的花。

为此，我要感谢上苍。

目 录

报告文学
他追逐人生这道幻光 …………………………………………… 3

短篇小说
收获的时间 ………………………………………………………… 19
  （一）收获的时间 ………………………………………………… 19
  （二）歌尽桃花扇底风：201室的侯振华家 …………………… 22
  （三）宝帘闲挂小银钩：203的女教授林晨月 ………………… 25
  （四）锦瑟华年谁与度：204号潘晓和她的母亲徐哈拿
    …………………………………………………………………… 28
  （五）春花秋月何时了 …………………………………………… 31
气球·祈求·企求 ………………………………………………… 34
台湾来的猫头鹰 …………………………………………………… 41
众鸟高飞尽 ………………………………………………………… 45
孤云独去闲 ………………………………………………………… 56
钥　匙（小小说） ………………………………………………… 69
秋风萧瑟（小小说） ……………………………………………… 70
命运所赠送的礼物（小小说） …………………………………… 72

散　文

您人性的光辉照耀了我 ······ 77
国之柱石程开甲 ······ 80
父亲的导师何增禄教授及学友邹国兴教授 ······ 83
父亲晚年的挚友厉则治教授 ······ 85
试上超然台上看
　　——记厦大文科资深教授胡培兆伉俪 ······ 87
教育天地的大舞台 ······ 89
南国的嘉树
　　——聂茂其人其文 ······ 94
福星高照好运来 ······ 97
集美，我青春之歌的第一乐章 ······ 100
复旦南区的月亮 ······ 103
绍兴，我梦中的故乡 ······ 105
食蟹记 ······ 108
送人玫瑰，手有余香 ······ 110
重　生 ······ 113
人生拐弯的地方 ······ 115
几度夕阳红 ······ 117
大明湖，我心中的情结 ······ 120
楼前的洋紫荆 ······ 123
如花美眷，敌不过似水流年 ······ 125
有的人，来去就像一阵风 ······ 127

青岛的海色 ………………………………… 129
厦门"心脏"三十几年的变迁 ……………… 130
台湾五日 ……………………………………… 132
香港的霓虹 …………………………………… 136
深圳的气味 …………………………………… 138
大学不制造齿轮和螺丝钉 …………………… 140
我看当前中国小说的繁荣景象 ……………… 142
中国式大众时代的出版业及我们的文化担当 …… 144
我看"屌丝"一词的流行 …………………… 147
翰墨丹青绘春秋
　　——评《郑国松画集》 ………………… 149

诗　歌

昙花静静地绽放 …………………………… 153
厦门，大厦之门 …………………………… 154
厦门风光诗十三首 ………………………… 155
　软件园里的出版社 ……………………… 155
　胡里山炮台 ……………………………… 155
　筼筜书院 ………………………………… 156
　西堤随想 ………………………………… 157
　南普陀寺 ………………………………… 157
　竹树礼拜堂 ……………………………… 158
　中山路步行街 …………………………… 159
　金榜公园 ………………………………… 159

  五缘帆影 …………………………………………… 160

  沙坡尾 ……………………………………………… 161

  万石岩植物园 …………………………………… 161

  双子楼的遐想 …………………………………… 162

  西村一日 ………………………………………… 163

少女·老妇·破碎的心 ……………………………… 164

生命的礼赞 …………………………………………… 165

其实我们并不是相爱 ……………………………… 166

屋子里的滴水声 …………………………………… 167

梦想寓言 ……………………………………………… 169

玛琪雅朵花海

  ——纪念"三八"妇女节 ……………………… 170

山重村古民居 ……………………………………… 171

诗歌的子弹 ………………………………………… 172

熬成药渣子的人（代跋）………………………… 173

报告文学

他追逐人生这道幻光

（一）

著名诗人臧克家报考青岛大学时写了一篇作文："人生永远追逐着幻光，但谁把幻光看作幻光，谁便沉入无边的苦海。"他就凭着这篇短文，被该大学中文系录取，而他的数学成绩为零分。

据猝死后又复活过来的人说，在无边的黑暗中，远远的有一道光一闪，人就又有了生命。可见，这道光对于每一个死去又活过来的人来说是多么珍贵啊！

光，是黎明的使者，是划破黑暗的神灵。对于每一个人来说，光就是希望，就是梦想，就是活下去的勇气和动力！

侯振清，致力于靶向抗癌药研发，就是让癌症患者看见了人生那道光的人。而他自己的人生，就像本文开头臧克家的那篇作文。"人生永远追逐着幻光"，我想，他是生下来就看到了幻光的人，所以，他一路走来。他走过了多少艰难困苦，从山东老家泰安出发，到济南，到南京，到济宁又到西安，最后来到厦大，终于走出了成功，走向了收获，并且将走向事业的辉煌。这是一个普通百姓家的孩子走向成功的故事，既充满艰辛，又充满欢乐；既充满了奋斗，又充满了智慧，并且有了心血的结晶。

犹太人把仅有知识而没有才能的人喻为"背着很多书本的驴子"。他们认为，一般的学习只是一种模仿，而没有任何的创新，学习应该以思考为基础。侯振清无疑是一个喜欢思考并且会思考的人。他最初的学历只有中专，是山东省益都卫校毕业的，学校在潍坊地区青州市，这个青州就是原来的益都。随后毕业分配在新泰市人民医院药剂科上班。药剂科的工作相对于医生来说比较轻松，而年轻的他在医院里目睹耳闻了一次又一次癌症病人的痛苦与死亡。在医院药剂科这个小小的窗口，当他看到癌症病人拿药时脸上那种绝望，那种痛苦的、痛不欲生的表情的时候，便在心里默默地立下了一个志向：一定要尽力研究出一种能够攻克癌症的有效的药物，尽量减少癌症病人的痛苦，在延长他们寿命的同时提高他们存活期间的生命质量，让他们不再活得那么痛苦，那么绝望。这个朴素的愿望一旦在心中生根，便成为一种理想，一种向上的动力，正是这个理想和动力驱使着他去攀登攻克癌症这座事业高峰，而一个普通城市医院的一个小药剂师，无疑是他最初事业的起点，这个起点可以说很低很低，然而因为有方向、有动力、有目标，他就一直走着、走着，走到了今天。

最近有首歌叫作《时间都去哪儿了》，好像有点忧伤，有点对生活琐事和无奈的感叹。然而，20世纪80年代可是高唱理想和奋斗的年代，那时的年轻人唱的是《年轻的朋友来相会》："再过二十年我们来相会，伟大的祖国，该有多么美，天也新，地也新，春光惹人醉，欢歌笑语绕着彩云飞。"多么豪迈，多么青春！刚刚改革开放，一切都充满希望和梦想，山东人彭丽媛的一曲《在希望的田野上》，唱出了亿万中国人民的心声，因而赢得了全中国男女老少的喜爱和掌声！

俗话说，积沙成塔、集腋成裘。对于知识的学习者，对于事业的探索者来说更是如此。作为一名八小时以外的自学者，要想实现心中的理想，就必须把握好日常生活的点滴时间，在时间上要挤，在知识上要钻。因为他是家中的长子，必须挑起全家的重担，因此，在1986年，二十三岁的他结婚了。妻子大他两岁，是典型的山东媳妇，勤快能干，豪爽大气，堪称贤内助。他硬是靠挤和钻这两种精神，两年后考上了济南的山东大学药学专业，并获学士学位，接着在该大学进修了一年英文。济南是山东的省会，这让来自泰安孔子故乡的小城的他大开了眼界，那趵突泉溪溪不断地涌出的泉水让他的思想更多了一份灵光。随后到古都南京，读了中国药科大学生物技术学院生化制药专业的硕士。英国哲学家培根说："天生的才智如同自然的植物，需要培养，那就是学习。"山东的媳妇能包一手好水饺，这使他能够专心致力于学习，没有沉醉在古都的脂粉佳丽之中。学药剂的学生学习生涯很单调枯燥，除了课堂、实验室之外就是自己的小家，在妻子的锅碗瓢盆交响曲中，在女儿的牙牙学语和蹒跚学步中，他成熟了、坚强了，成为一名男子汉。

鲁迅先生说："人一要生存，二要温饱，三要发展。"硕士毕业后，他到新泰参加筹建山东新泰赛特制药厂，这年他才31岁，已经入了党。正是风华正茂、指点江山的大好年华。

当代哲学家维特根斯坦说："可以说，天才是依靠勇敢去实践的才能。"山东人有着北方人特有的大胆敢闯的勇气，因为20个世纪30年代以前一直有"闯关东"的传统，正是凭着一股闯劲，在1995年的时候，他到了山东鲁抗制药股份有限公司的研发部，成为一名工程师。

"西边的太阳悄悄落山了，微山湖上静悄悄，弹起我心爱的土琵琶，唱起那动人的歌谣。"济宁的微山湖是多么浪漫迷人的地方，当年铁道游击队在这里神出鬼没地打小日本。1996年，他带着自己的一些研究心得,来到济宁第一医院制剂中心,在成为主任的同时,也成为一位主管药师。在制剂中心主任的位置上一干就是四年,由于制剂中心属于企业性质,掌管人、财、物和销售等各个环节,从中学到了很多学校没有学到的东西,这个经历对于他来说非常珍贵。但是,他预感到企业要发展和壮大一定要有核心技术,他感到自己科研水平的不足,因此,四年后他放弃马上就要晋升的高级职称,辞职离开了济宁,来到了古城西安,在西安交通大学攻读博士学位。

(二)

法国著名作家雨果在其名著《悲惨世界》里写道:"没有什么比信念更能产生梦想,也没有什么比梦想更能孕育未来。"许多人之所以穷,就是因为没有信念,没有梦想,没有看到人生的那道幻光。因此,他们一辈子没有雄心,浑浑噩噩。而侯振清是有信念的人,为了实现心中的理想,他怀着一颗九死不悔的心。

人生可以说左手是欲望,右手是灵魂,欲望在左,灵魂在右。时代把左和右相互交融,相互拥抱,要想办法把这两个像古老的太极图似的能够很好地交汇,就可以算是达到了成功,达到了圆满。侯振清的生存意志非常顽强,绝不是中国传统文化里那种手无缚鸡之力的书生。从他的人生轨迹来看,他既是思想的人,又是行动的人,这在当今重点大学的科研人才队伍里,既能做学问,又办过工厂的人是不多的。

靶向抗癌药的"靶向",指的是药物能够像打靶似的进入到器官的病变部位。这个药是四类药,是点滴的,已获得两项国家专利。经临床试验疗效很好,原来癌症病人要化疗,会造成严重的脱发、恶心等现象,用这种药就没有这些副作用,而且治愈率高,效果显著。攻克癌症是世界难题,现在由于环境污染等原因,癌症发病率已逐年上升,以致我们在日常生活里谈癌色变,因此,这个药的研发成功并且能够尽快投产,将关系到千千万万癌症病人的幸福,关系到千家万户的幸福,不仅是我们国家的福音,更是全人类的福音和希望!

侯振清的父亲年轻时是煤矿的机械维修工,他小时候有时随父亲到煤矿工地维修机械,因此,有较强的动手能力。他的工作单位是厦门大学材料学院,从事生物材料的研发。材料学院大楼就在厦门大学南校门进去左侧不远。一共有四层楼,底下三层都是这个药的提炼、加工等阶段,大约有三四道程序。自从来到这里,他每天上午工作两小时,下午两小时,晚上两小时,基本上没有节假日。制药是非常辛苦和琐屑的工作,是很多聪明人或者是自以为聪明的人所不屑于做的,可是,他就这么做着、做着,整整做了十年。天才是百分之九十九的血汗加上百分之一的灵感,可见,光有百分之九十九的血汗是不够的,最最关键的是百分之一的灵感,而侯振清拥有了这个百分之一,因此可以说他非常幸运,应该感谢上苍特别眷顾他,让他拥有这个天才,他成功了!

他的身体好,五十一岁的他平时的爱好是打球,篮球、羽毛球、乒乓球,他打起来一点都不会输给三十来岁的小伙子。喜欢球类运动的人是喜欢竞争、较劲的人。由于年轻时练过少林拳武术,他的身材一直没有变形,因此,整个人看上去有股精神气,是很干练的人。单位选他当了工会主席,他认真办事,尽职尽责地为每一个员工服务。一位四十来岁的员工得了忧郁症,自杀身亡,丧事也是他一手操办的。

厦门由于在改革开放之前长期一直是海防前线,厦门大学一直是地处海防前线的一所大学。有人称厦大的孩子为"吓大的孩子",加上厦门的特殊地理位置造成交通不变、资讯不发达,基本上是个孤岛。这使得一般的厦门人观念保守,文化水平不高,生活简单、命运简单、头脑简单。改革开放之后,厦门成为经济特区,可是,要产生新思想新观念却并不那么容易。有人把厦门比作一个美丽的鱼缸,厦门人就是鱼缸里的金鱼。又有人认为,厦门人很有点像温水煮青蛙里面的青蛙,长期满足于泡功夫茶,做点小生意,过平淡安逸的日子,没有多少雄心。因此,当今厦门的大企业家绝大多数是外地人,著名文化界人士除了舒婷之外也都是外地人。可以说,都是改革开放成为经济特区之后的第一代新厦门人。而厦门大学作为地处经济特区的唯一一所国家211及985的重点大学,在改革开放之后整个规模扩大了好几倍,不但新建了许许多多新的大楼,也成立了许许多多新的系和新的学科,引进了许多新大师、新人才,侯振清就是其中之一。他西安交大博士毕业后,本来想和其他几个同学到深圳大学应聘的,恰逢厦门大学去西安招聘,他被厦门和厦大美丽的风光所吸引,加上材料学院不错的科研班子和实验条件,因此,就来到了厦大。

在一大群博士或者洋博士的科研人才队伍里,侯振清开始了自己的教学和科研工作。这时,他四十出头,不算年轻了。

侯振清能够在一大堆实验数据中很快发现问题,这源于他敏锐的直觉和判断力。可以说这是干这个行业最为重要的天分之一。就像狗发现猎物要靠敏锐的嗅觉,每个人对自己的实验报告单的直觉和判断力都是不同的。科研工作是一种智力上的博弈,侯振清喜欢竞争和较劲的性格加上他的天赋,使他一步一步地走向了成功。

由于当过药剂师,当过制药厂的厂长,侯振清的科研方向一直是面向市场需要，面向大众急需。对一个事业上的有志者来说，他的职业经历往往决定了他的努力方向，因此，从这个意义来说，经历就是财富，就是动力。人们往往说事业的成功取决于智商和情商，其实，更重要的还取决于逆商，也就是在逆境中能否奋发图强。看一个人的成就不在于他最后的事业有多大，而是看他跌到最低谷的时候能否反弹，弹得多高。人生从来就不是一帆风顺的，天上不会掉馅饼，天下也没有白吃的午餐。侯振清的青春偶像是毛泽东，因为毛泽东的学历只有中专。正是青年毛泽东坚忍顽强的意志和精神给了他鼓舞，给了他一种榜样的力量。"唯有身处卑微的人，最有机缘看到世态人情的真相。一个人不想攀高就不怕下跌，也不用倾轧排挤，可以保其天真，成其自然，潜心一志完成自己所能做的事。"杨绛的这段话可谓深刻，这是曾经到"五七"干校干过体力活、洗过厕所的人才能得出的人生感悟。西方自从文艺复兴后涌现的许许多多发明家、思想家、作家，很多都是出身卑微，很多人甚至没有正规的学历。比如瓦特、爱迪生，比如一辈子靠磨镜片为生的哲学家斯宾诺莎，钟表匠的儿子、原先给人抄乐谱为生的思想家卢梭等等。当今处在由农业社会向工业社会转型的中国，需要大量优秀的人才，这些人才可能由于各种原因没有许多光环，没有很好的社会地位或者体面的职业，但是，只要他们忠于自己的理想，勤勤恳恳，做出了成绩之后肯定会得到社会的承认。"艰难困苦，玉汝于成"，陈景润是这样，袁隆平是这样，侯振清也是这样。侯振清从中学起就是班级的学习委员，可见他的智商是高的。作为在"文革"动乱时期成长的60后，侯振清的人文修养或许不足，但是，他是一个文学爱好者，平时虽然没有很多空余时间看大量的文学书籍，但他对自己在这方面的不足能够"不耻下问"，虚心学习，这开阔了他的视野，使得他在一次又一次的人生和事业的选择上负有使命感，自我选择成为一名有所作为的科学家。

高等学校的教师都是在秩序化的生活里过着有秩序的生活。侯振清来到厦大后晋升了副教授，成为一名硕士生导师。每天的生活除了科研之外要带学生，给他们上课，批改作业和论文，生活紧张但是单调。学校给优秀的学生论文设立了奖金，一等奖有一万元，这对于家境贫寒的学生可是一笔不小的数目，学生们都非常重视这个奖金，争先恐后地交论文让他批改，因此，他肩上的担子实在不轻。今年，他接受了学校的援疆任务，到新疆昌吉学院任教三年，厦大的科研照常，研究生照带。厦门大学共去了四个人，教师节后的一天出发，先到北京去培训。大家知道，新疆是生活条件很艰苦，事件又比较频发的地方，因此可以说，这是党对他的一次考验。

他在昌吉学院的物理系教高分子化学和材料学两个专业。刚去时很不适应，那里昼夜温差有二三十摄氏度，教师和学生中有很多是维吾尔族，生活习惯相差很大，而且他住的房子没有地热，冬天的夜晚十分寒冷，也不像厦门大学有很多体育锻炼的设施，况且他已经是五十来岁的人了。面对这些困难，他没有气馁，而是迎着困难上，不断地进取，不懈地努力。

（三）

曾经有位中学女教师在课堂上做过"温水煮青蛙"的实验。实验的结果是：当水温高于六十摄氏度的时候，青蛙开始跳出，当水温达到六十五摄氏度的时候，青蛙全部跳出。求生是动物的本能，青蛙这么聪明的生灵怎么可能不懂得环境的危险？可是，做这个实验的女教师被学校解聘了，而这个谎言由于被人一再重复引用竟然成为中国的"真理",可见中国人实在缺乏科学的头脑和精神。中国人发明了地沟油、三鹿奶粉、皮鞋果冻等等,却没有人发明回纹针、电灯、电脑。是我们天生笨吗?不是,是我们的世界观、科学观出了问题。王朔有篇小说叫《过把瘾就死》,只要能捞一把,哪管它寸草不生!于是,我们的水严重污染,空气里的雾霾从北方直到了南方的厦门。很多有钱人移民走了,很多人成了"裸官",剩下的我们要抵抗转基因食品,对付高房价。中国的富人越来越多,穷人也很不少,可是,不论富人还是穷人,可能有史以来都没有活得这么累、这么无奈、这么惶惑。满大街都是洗脚店、按摩店、KTV,书店却接二连三地倒了,年出版物数量是40万册以上,可是很多书出来后就被作为废品收购,打成纸浆。现在国家制定了阅读法,可是,有很多中国人有阅读障碍,不但看不懂书,也看不起书呆子,就是看书的人,很多是为了文凭、为了应付考试、为了晋升职称提高社会地位,很少有人为看书而看书,为求真理而看书,为了自己的人格修养而阅读。据统计,以色列每人每年平均看六十四本书,中国人平均只有两本。难怪日本人认为我们是"低智商的国家",难怪撒切尔夫人说中国不会向世界输出思想。

　　就是在这样非常浮躁的大环境下,中国的一些知识分子能够甘于坐冷板凳,埋头钻研自己的学问,并且做出了成绩。他们没有像一些明星大款能够买私人飞机,能够移民国外,然后再回来当"人大代表""政协委员",可是他们对人类的贡献、对国家和民族的贡献却远远不是能够用物质来衡量的。侯振清就是这其中之一。黎巴嫩诗人纪伯伦说:"人,可贵的不是成就,是追求。"侯振清对科学的追求、对理想的追求使他能够超越自我的局限,不断走向卓越,走向成功。

别对我，用忧伤的调子，
说生活不过是春梦一场！
因为灵魂倦了，就等于死，
而事情并不是表面那样。

生是真实的！认真地活！
它的终点并不是坟墓；
对于灵魂，不能这么说：
"你是尘土，必归于尘土。"

我们注定的道路或目标，
不是享乐，也不是悲叹；
而是行动，是每个明朝
看我们比今天走得更远。

艺术无限，而时光飞速；
我们的心尽管勇敢、坚强，
它仍旧像是闷声的鼓，
打着节拍向坟墓送丧。

在世界的广阔的广场上，
在生活的露天的营盘中，
别像愚蠢的、驱使的牛羊，
要做一个战斗的英雄！

别依赖未来，无论多美好！
让死的"过去"埋葬它自己！

行动吧！就趁着活着的今朝，
凭你的心，和头上的上帝！

伟大的事迹令人冥想，
我们都能使一生壮丽，
并且在时间的流沙上，
在离去时，留下来踪迹——

这踪迹，也许另一人
看到了，会重又振作，
当他在生活的海上浮沉，
悲惨的，他的船已经沉没。

因此，无论有什么命运，
不要灰心吧，积极起来；
不断地进取，不断前进，
要学会劳作，学会等待！

这首诗是19世纪美国诗人朗费罗的《生之礼赞——年轻的心对歌者的宣告》，它被民主诗人惠蒂尔称为"是一个有为的世纪的精神蒸汽机"。笔者读到这首诗是在20世纪80年代初的《中国青年报》上，当时，我把它抄了下来，保存至今。可以说，是这首诗激励着我成为一名作家，作为一名和侯振清同时代的60后，我们都一样生长在十年动乱时期，受惠于20世纪80年代的改革开放。是改革开放的春雨滋润着我们的成长。那时的单位领导大多数爱才惜才，对于有理想、有志气的青年能够在他们的成长上开绿灯，许多人出国了，许多人成长了，因此，我们感谢时代，感谢生活，感恩社会，我们的奋斗和努力也是为了给我们的社会和国家添砖加瓦，造福于人类。我们当时都读到了徐迟的《哥德巴赫猜想》，是陈景润的精神激励着我们，如今，三十多年过去了，回首往事，我们没有虚度年华，我们都是看到人生幻光的人。

侯振清的母亲是一名基督徒。基督教是要求人成为他人生命中的光和盐的。侯振清的奋斗和努力，一方面是看到了人生的那道幻光，另一方面，他自己已成为了别人生命里的光和盐。

英国17世纪发现了血液循环的医学家哈维非常喜欢这首诗："谁也没有达到完善的地步，他以为是知道的，实际上有许多地方还不知道。时间、空间和经验增加了他的知识，或改正他的错误，或训诲他，或引导他放弃那些他过去曾经深信不疑的东西。"科学是无止境的，侯振清对自己的学术上的追求也永无止境。就在笔者写这篇文章的时候，我们从报纸上获悉，清华大学在癌症的研究上有重大突破，中央台《新闻联播》里报道，该大学有一位国家"千人计划"的海归已将自己研究的靶向抗癌药投入市场。因此，侯振清的路还很长，还会有许多坎坷和艰辛。

古人说："古之成大事者，不唯有超世之才，亦有坚忍不拔之志。"古人还说：成大事者必有天助，天助之者必有天德。

（四）

《约翰福音书》有言："上帝遣光明来到世间不是要让它审判世界，而是要让世界通过它得救。信赖它的人不会受审判，不信赖的人便已受了审判……而这即是审判：光明来到人世，而人们宁爱黑暗不爱光明。"

据 2014 年 6 月某日中央电视台《新闻联播》头条报道，清华大学海归教授的靶向抗癌药投入市场后并不受市场的欢迎，也就是说药卖不动，许多癌症病人对此不相信。他们拒绝光明，停留在黑暗中。这对发明这个药的人来说实在是个不小的打击。

当今中国的医患关系可以说是有史以来最紧张的，全国不断出现打死医生和护士的恶性事件。由于医疗体制改革后有很长一段时间看病贵、看病难，医生要收红包等等，这使得很多百姓对医务工作者不信任。加上自从宗教衰弱之后，人们把生的希望完全寄托在医疗上面，以为医生是万能的上帝，一旦不治，就把责任都归于医生，医生护士不再是"白衣天使"。再加上一些不负责任的媒体对医疗行业的一些现象的过度渲染，有些病患家属甚至对他们大打出手，以至于医生护士成了高危职业。

我们就是在这样一个大环境下做中国梦，要想实现梦想，其中的艰难可想而知。

20 世纪 80 年代中期，福建晋江出了全国第一起假药案，后来的假药则是防不胜防。当时曾经有十名小学生致信著名作家巴金，署名为"寻找理想的孩子"，老作家巴金的回信连同小学生的信一起公诸报端。多少年过去了，那十名小学生早已长大成人，他们还有理想吗？他们实现了自己的理想吗？！

哈尔滨工业大学的教授高会军，才三十大几，就是全球最具影响力的科学家之一，他三十岁就是博导了。我看了他的最初学历：中专。他的本科是自考的，硕士的大学也不名牌，他的成才，应该让我们的教育界好好反思。当今的许多家长，不惜一切代价让孩子出洋留学，我们的大学，在招聘教授的时候要求本科要 211 或者 985，不但要博士，最好还要洋博士。我想陈景润在当今怕是进不了厦大，沈从文想当教授更是连门都没有！

　　但是，高会军成功了。照年龄推算，他就是当年给巴金爷爷写信的孩子们的年纪。可见，任何成功都不是偶然的，有其历史的必然，有许多社会大环境的推动。侯振清的成功也是如此。

　　哈工大和侯振清的母校西安交大都是九校联盟的成员，西安交大比较务实，能够协助教师把自己的科研成果迅速转化为生产力，办了不少企业。当今的厦门海沧已成立了生物医药港，专门吸引生物医药等行业的企业到那里去投资，厦门市政府为此给予了许多政策上的优惠，厦门大学生物学家夏宁邵在那里有专门的实验室。因此，对于靶向抗癌药的投产，可以说是万事俱备，只欠东风了。

　　笔者真诚地希望自己能够成为借东风的人，这是我写作这篇报告文学的初衷。

　　厦门大学的校训是"自强不息，止于至善"，我们有幸在中国最美丽的大学工作和生活，因此，我们在自强不息的同时，要把我们的事业做得最好，最完美。

短篇小说

收获的时间

（一）收获的时间

  我，李志国，现年三十二岁，是某大学校园附近一栋高档公寓楼的门卫，也就是保安。我在这里干了十二年，从部队复员后就在这里干。我的老家是四川眉山，是大文豪苏东坡的同乡。我的父母都是农民，我初中毕业就去当兵，在部队里因为有一次和领导顶撞失去了提干的机会，而且到了转业时连党员都不是。唉，这就是命吧！

  我虽然长相丑陋，但是禀性忠厚，平生最不愿意做的事就是无中生有地造谣中伤别人，这个做人最起码的良知在当今中国可以说竟成为最稀有的一种品德，就像大熊猫那么珍贵了。

  我在部队时利用业余时间自学了高中课程，在这里当了保安后自学加旁听，参加了高等学校的自学考试，拿到了本科文凭，现在已经考上了附近这所大学的中文系硕士，马上就要毕业了。我幻想能用一支笔走天下，就像苏联的文豪高尔基和中国的沈从文。是书籍使他们从泥淖般的生活里站立起来，而靠着手中的笔，他们创造了自己的文学王国。

  和我一起来的同事先后走了，只有帅小子郑军留了下来。我们成了哥们。郑军有大嘴巴、好出风头、虚荣心重的毛病，但心眼不坏。他是江西临川县城来的，临川是改革家王安石的故里，他和苏东坡可是政敌。他高中毕业出来打工，自学考试拿到了大专文凭。只是他长得俊秀儒雅，风流倜傥，许多人以为他是博士。

这栋楼的一楼是咖啡厅和理发店，上面共有18层，我要讲的故事主人公都是二楼的，因为他们离我门卫房最近，有的时候甚至可以听到他们家里的吵闹声。我们门卫房离大楼大门约10米，楼前有个庭院，边上种着杜鹃花、仙人掌，还有一棵三角梅以及三棵棕榈树。

住二楼的好处是进出可以不必等电梯，坏处是房间里视野不开阔，不像住高层的可以饱览周围的美景。我想喜欢独来独往的人乐意住二楼，这样可以避免上下楼时和别人挤在铁笼式的电梯里，养宠物都不方便。人成天在电梯的旮旯里上上下下，体会那种上天入地的感觉，日子久了，非得心脏病不可。

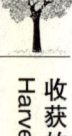

201和203是大套的，201主窗朝东，203朝西，都是一百五十平方米，三房两厅两卫，两户人家中间隔着电梯，大门是对着的，也就是老话说的门当户对。202和204是小套，一百二十平方米。也就是说这栋房子都是一梯四户。

201的户主是处长，在工商局工作，叫侯振华，四十八岁，大学毕业后曾公派去过日本两年，因此家里的装修是日本风格，一道拉门把卧室和客厅隔开，有日本的榻榻米和日本的吊灯。地板是褐色地砖，家具也是暗色的，有点古色古香。客厅的木沙发是紫檀的，上面还有精致的木雕，雕的是松竹梅菊。茶几上的茶具非常雅致，那瓷茶杯在灯光的映照下玲珑剔透，拿在手里都得小心翼翼，仿佛一用力就能捏碎似的。长木沙发上是副书法，上面写道：留人间多少爱，迎浮生千重变。与有情人做快乐事，莫问是劫是缘。仓央嘉措的诗。是行书。

侯处长中等身材，带着金边眼镜，有点黑，看上去有点像儒商，喜欢在家里唱卡拉OK，他和妻子经常对唱，"十五的月亮升上了天空哟"，搞得整栋楼像在开音乐会。

203的户主是个四十四岁的女人，大学教授，寡妇，有个读高二的儿子，女人叫林晨月，个子不高，方脸，一双精明的三角眼中的目光有股锐利的冷气。教授家的装修是美式的简约风格，黑白两色是主色调，没有吊顶，主卧里的卫生间有个很大的浴缸。两个卫生间的玻璃门很考究，带有凹凸的花纹，还有颜色点缀其中。

教授家有间书房，面积二十平方米，四壁是书橱，一张电脑桌。教授是商学博士毕业，现在教MBA，只是我发现来找她的多是男人，有年老的，有年轻的，年纪和她相仿的却不多。俗话说寡妇门前是非多，女人能够有她这样的金钱和地位的不多，因此，郑军总要不时地酸她几句，当然不是当着她的面，而是和我在私下里议论。女教授开的是辆本田车，侯处长开的是丰田。令人想起"莲叶何田田，鱼戏莲叶间"的诗句。

202的户主是个年轻女人，不到三十岁，要身材有身材，要脸蛋有脸蛋。每回出来的时候，我和郑军要是碰到，看得眼神都直了。只是她很少出来，好像不食人间烟火。弄了一年多才明白，她是某大官的小三，名叫王雨诗，总是穿银灰、黑色或白色的高档衣裙，因此，我背地里给她起了个外号叫"小寡妇"。王雨诗养了条狗叫奥迪，是只贵宾犬。每天就是傍晚的时候她会出来遛狗。她开的可是宝马车，奥迪坐在车里，可是比人还威风啊。

204是对母女住着。母亲叫徐哈拿，女儿叫潘晓，都是基督徒，都在医院工作，不过不是同一家医院。母亲是护士，退休了，女儿是妇产科医生，二十九岁，未婚，也没有男朋友。她们家的墙壁刷成天蓝色的，主墙上是个十字架，底下写着：耶稣基督是我家之主。家具都是白色的。潘晓身材高挑，瘦长脸，高颧骨高鼻梁，长得很洋气，十分耐看，是属于越看越有味道的那种。她的一间书房里全是英文书，每一本都是又大又厚。她有种高贵的精神气质，看不见但是能够感受得到。穿着打扮却很一般。她们家是无车族，却养了一只黄白相间的长毛猫，名字叫和谐。和谐只吃猫粮，不吃鱼和饭。前两年生下三只小猫，分别是安娜、西西和列夫。安娜和西西是母猫，我把列夫抱来养，现在已是只二十斤重的大猫了，全白色的。只要我在宿舍里，列夫晚上在床上陪我睡觉，白天在桌上陪我读书。他可不像他母亲和谐那么尊贵，我都是喂他剩菜剩饭。当然，他是公的，就是特别胆小，一见有人来就躲到床铺底下，而且可以说常年足不出户，成天在我的宿舍里睡觉，是只地道的大懒猫。我想他早已丧失了捉老鼠的天性，成为家里的一个活动的家具装饰和点缀。

（二）歌尽桃花扇底风：201室的侯振华家

侯振华的家里三代同堂。他的父亲侯淡定是农民，七十岁了，原先一直在老家福建连江的乡下生活，十几年前老伴没了，他就来厦门儿子家住，帮着带孙子。侯振华是独子，上头两个姐姐都是农民，都在连江。

侯振华是1979年考上大学的，学的是经济系。可以说，他不但赶上了百废待兴的时代，而且学了个最时髦的专业计统系，因此，他的人生旅途一直一帆风顺。毕业后到工商局工作，然后经同事介绍，娶了在中学里教音乐的黄芳华。黄芳华是市委秘书长的女儿，长得甜美可人，会弹钢琴。于是，婚后他们家里每个星期天下午就开始唱歌，吃完晚饭后还继续。民歌美声和江南民歌信天游台湾校园歌曲长年累月地在他们住过的小区回荡,十五的月亮春天的故事在那桃花盛开的地方好人一生平安!

侯振华每天早上起床洗漱后就在餐桌上看报纸。他看的报纸有《厦门日报》《厦门晚报》《南方都市报》《南方周末》《每周文摘》等。等到他的报纸翻完,早餐也摆好了,一家人围着八仙桌吃早饭。侯淡定总是喝稀粥配霉豆腐或者萝卜干、酱瓜等,侯振华是牛奶、面包或者和其他人一样喝八宝粥,芳华是自己打磨的豆浆和肉包子,侯安福和爸爸一样,爸爸吃啥他吃啥。侯安福是侯振华去日本后三个月才生的,因为芳华惦记着万里之外的丈夫,丈夫也想念着妻儿,所以取了这么个名字。平安是福啊。

侯振华能写一手好字,这个特长让他在日本很有面子。日本人非常看重书法艺术,好像说每五个日本人里就有一个会汉字书法,这个比例可是远远高出当今的中国人。侯振华在日本两年用自己的书法艺术挣来不少钱,也结交了几个日本朋友。现在他客厅的木沙发上方挂的书法,就是一位日本书法家写的。

侯振华在日本学会了品茶,带回来一套日本茶具。但他并没有带回来日本茶道的那种"和、敬、清、寂"的精神。他是个喜欢热闹的人,觉得不能把家里搞得像寺庙似得。他倒是喜欢打打麻将,这样一来可以交几个朋友,而且在家里推心置腹地商谈要比去茶馆方便,二来呢,让儿子从小认识一下麻将,将来长大了才不会太呆板。

闽南人讲"茶三酒四踢淘二",可是现在都是独生子女,家里没有兄弟姐妹,因此也就没有玩伴,搞得个个孩子成了"小皇帝",自我意识过强,以自我为中心。

只是老父亲侯淡定有点麻烦,因为他和周围的一切都格格不入。每逢家里有客人来,他都关在自己的屋子里,就是客人在家里吃饭了，不到万不得已，他都不出来一起吃。更糟的是他爱拾荒，楼梯口一个大垃圾桶一有矿泉水瓶酒瓶纸盒纸箱他都会捡到他的屋里堆放起来，每个月收废品的站在门房旁，他都会拖出几件来卖，还能够精明地和收购的人讨价还价，有时还会争得面红耳赤。这实在是很丢侯处长的面子。侯振华多次劝告他都不听，曾偷偷地把他的藏品拉出去扔掉，可是他一旦发现了，比要了他的命还难受，可以一连几天不吃不睡，搞得侯振华实在没辙，只好听之任之。

　　侯夫人黄芳华蛮热情的，经过我的门房前要是碰见都能点头打招呼，有时过节还会送给我一点苹果橘子香蕉之类水果。她会弹钢琴，郑军说弹的多是肖邦或者莫扎特。郑军的音乐修养不错，会吹笛子，耳朵特别灵，许多曲子他只要听一遍就能够吹出来。侯处长的儿子侯安福搬进来时还是小学生，现在都考上大学了，是外地的一所普通大学，学经济管理的。小伙子长得阳光，很有礼貌，今年大二，已经找好女朋友了。侯处长已经给他买好了结婚的新房，拿到钥匙了。因此，在我眼里，侯家是二楼，不，可能还是整栋楼最幸福的家庭。

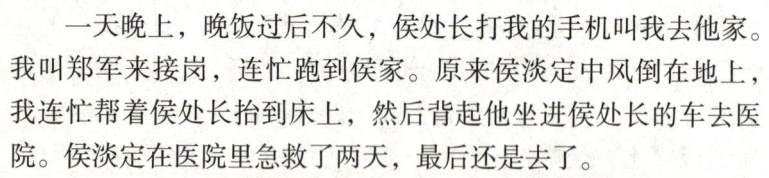

　　一天晚上，晚饭过后不久，侯处长打我的手机叫我去他家。我叫郑军来接岗，连忙跑到侯家。原来侯淡定中风倒在地上，我连忙帮着侯处长抬到床上，然后背起他坐进侯处长的车去医院。侯淡定在医院里急救了两天，最后还是去了。

　　侯淡定的丧事接待处办在大楼的庭院里，摆了张大方桌，来了不少人。这里的风俗是，凡是送白礼的，都要用一条毛巾包着四粒糖果外带一根红线作答谢。我送上51元白礼，也拿到了一份答谢。

　　时已严冬，大楼大门的门楣上挂上了一小块长方形的红布。一阵风吹来，刮起了地上的一些纸屑，我感到风真冷，夜已深。

（三）宝帘闲挂小银钩：203 的女教授林晨月

郑军的特长是耳朵特别灵，能够迅速地分辨出来人的口音。山东、山西、陕西、四川、湖南、河南、东北等等，他一猜一个准。这一点我非常佩服。

他说林晨月是东北人，可能是沈阳的。一问，果不其然。

林晨月三年前守寡，那时她刚四十一岁。她丈夫和她原来读的是同一所大学，可是毕业后她考上了附近这所大学的研究生，一直读到博士毕业，然后留校当老师。她丈夫则在厦门一家企业当老总，本来挺幸福的一个家，却因为男主人得了癌症，不治而亡。那时她的孩子林建还是初中生。

此后林晨月去美国一年做访问学者，儿子也跟去了。回来后两年，她升为正教授。她喜欢穿紫色的衣服，有深紫、淡紫、浅紫、玫瑰紫等等。紫色给人的感觉是既有点华丽高贵又带点神秘的放荡，我想这就是林教授给我的印象。

一般农村出来的男人大多能努力工作、勤勉有加，而对妻子的要求是忠诚贤惠、勤劳持家，对她的文化素养往往并不看重，倒是更在乎长相。其实一个家庭的文化品位是由最低的一方决定的。文化是要花钱的，如果一个妻子不爱看书，那么要想让丈夫在闲暇时能专心读书恐怕是天方夜谭。文化像水，而水总是往低处流，要是把它装进容器里，哪怕是最考究的容器，如果不补充更换，就会干枯。不幸的是中国很多中上阶层的人家，瓶子很漂亮，可是里面的水早干了。于是，人心成了荒漠，而金钱成了信仰。

我和郑军半年前发现林晨月有了个小男人。她的儿子考上了外地的一所普通大学，寒暑假才回来。小男人刚和林晨月交往的时候我以为是她的学生，倒是郑军看出是相好的。郑军说这男的叫武卫兵，在教授家里高声接打电话，进门有钥匙，出门时常甩门而去，好像刚和教授吵过架似的，一般的学生哪敢这么嚣张，飞扬跋扈得很呢。我起初不信。这男的年纪比我还小呢，有点愣愣的。教授起码大他十五岁，看上他什么了？

"嘿，说你是书呆子你还不肯承认。年轻，教授看上了他的年轻！三十如狼四十如虎，女人到了四十岁可是不得了，干柴烈火，一点就着啦。"

我无语了。

武卫兵常来，一待就是大半天，可是并不住在这里，好像两人只是做爱，没有同居关系。米兰·昆特拉说，男女做爱不是爱情，睡觉、同居才是爱情。可见林晨月和武卫兵的关系还悬着呢。

一天傍晚，203号传来一阵争吵，接着是高声尖叫和砸东西的声音。不久，110的车来了，我随着警察进到房间。只见室内一片狼藉，地上是杯子和玻璃的碎片，墙上的液晶电视被砸坏了，冰箱的门也掉了下来。林晨月的眼角有块青紫，而武卫兵的衬衣扣子掉了一颗。

报警电话是林教授打的。原来武卫兵要林教授给他1万块钱，林教授说刚给过他一万，不给了，她的钱还得养儿子呢。警察一问，看了武的身份证，我们才知道武卫兵已婚，妻子在漳州的服装厂打工，女儿都八岁了。他说最近女儿病了，手头紧，他向教授借过一万，讲好以后要还的，还说父亲住院动手术，也要好几万，而他只是大学里一个普通职工，没有余钱，就希望教授给一点。可是林晨月抠门，和他谈了大半年，只给他买过一件衬衣，两个人一起出去吃饭，点的菜不会超过五十元。他觉得都有点被她掏空了，不甘心，才打起来。

我们以为这样一来关系就断了,谁会想到过了大半个月,两人又好上了。而且因为关系公开了,他们出入时不再避嫌,经常手挽手肩并肩的,好像在向世人挑衅或者示威。我想好戏还在后头呢。

林晨月和武卫兵一大早就开着本田车走了。我在他们扬长而去的汽车的尾气中吟道:"西风烈,长空雁叫霜晨月,霜晨月,马蹄声碎,喇叭声咽。"本来门卫的工作单调得很,而且地位低下,但是因为能够看到一些人间的悲喜剧,才不至于太无聊。

果然不出所料,不久,各大网站贴出了林晨月做爱时的各种照片和特写,点击率很高。林晨月这下名扬四海,而且全国人民都认为是女教授和她的男博士的肉体交易。

武卫兵在网络上说,他为了能和教授结婚,和自己的妻子离婚了,可是两次向教授求婚,希望能够领证,有一次都和教授去了婚姻登记处了,可是教授还是改变了主意,又打道回府了。万般无奈之际,他才到网上公开一切,希望林晨月能够回心转意。他还贴出了他和林晨月的一段QQ聊天。

武卫兵:剥削,你对我是肉体和精神的双重剥削。

林晨月:马克思说资本家剥削工人是剥削他的剩余价值。你有什么剩余价值让我剥削?

....

事情闹大了。林晨月特地组织了一个辩护团,说她不犯法。武卫兵和她并不是师生关系,只单纯是恋爱关系。如果她是男的,人们就认为正常,她之所以被人攻击是因为她是女人。可是,毛泽东不是说"妇女能顶半边天"吗?女人也是人呀,做爱、恋爱都是人权啊。

法庭上,武卫兵要求林晨月给他十万元赔偿他的青春损失费、精神损失费等,林晨月不给。最后林晨月胜诉。

只是人们很快就把这件风流韵事遗忘了。如果说人生就像条河流的话,这件事情不过是两个当事人人生里的一朵浪花而已。

河水仍然在流淌着。林晨月仍然住在这里,仍然做着教授,只是武卫兵再也不会来了。

(四)锦瑟华年谁与度:204号潘晓和她的母亲徐哈拿

我起先有点奇怪,徐哈拿阿姨的父亲为何要给她取这么个古怪的名字。后来才明白,哈拿是《圣经》里面的一个美丽的女人,《圣经》里面的哈拿起先一直没有生育,内心非常愁苦,就不住地祷告,她祈求神如果赐她一个儿子,她就把这儿子归给神,全然由他使用。后来神答应了她,于是她生下撒母耳,以色列历史上赫赫有名的英雄。

徐哈拿有洁癖。不但她家里搞得一尘不染,就是二楼的走廊过道,一有空她都要出来拿着抹布拖。有一两次202的王雨诗的贵宾犬在楼梯口拉了屎,也是徐阿姨收拾干净的。

徐哈拿的另一个特点就是一有空就洗手,我想这可能是当了一辈子护士留下的职业病。每回一拿到物业费清单,她总是第一个去交,交完之后回家的第一件事就是洗手。她不太爱说话,刚搬进来的时候还能和我聊几句,日子久了,她好像变了。好像她的心智越变越小,变成了小孩子,脸却越来越老。

我以前看过女作家残雪的一个中篇小说,叫作《松明老师》,里面的师母,也就是松明老师的太太,就是越变越小,最后小到变成成天睡在婴儿床上的女人。我现在把这段摘录下来。

我们就一前一后走进了师母的房间。我所看到的情景在我心里引起的情绪很难形容。

那是一个十平方米大的房间，房间靠墙放了一张儿童床，床上有点凌乱，房里还有几只儿童用的小板凳，一张低矮的桌子，桌子上也放着一支温度计和一个放大镜。这一切太离谱了，他和刘日都告诉过我，师母是一位胖大的女人，怎么会睡在这么狭小的床上？

"一个人所能发挥的能量并不同身体的大小成正比。"松明老师说，"她是慢慢地缩小的。从前我遇见她的时候啊，她的确是一位高大的年轻女子。"

这段话的深刻寓意我那时还不能够理解，现在我能理解了。我觉得徐哈拿就是。后来我才知道，徐哈拿得了抑郁症，她家的猫和谐也是，人和猫一起吃抗抑郁的药。

潘晓一有空就绣十字绣。当医生的可能要经常练习手指的灵敏度，做手术的时候才好使，就像钢琴家要不时地练琴一样吧。她绣的是黄公望的名画《富春山居图》。她前后绣了六年，已经大功告成了。她拿去请人安上镜框，然后请我帮她挂在客厅里。为此，我特意借来电钻，在她们家客厅的长沙发上方打洞，安上膨胀螺丝，然后挂起来，有点简朴的客厅顿时变得华丽高雅。我仔细地欣赏着画，心想也只有潘医生这么高雅的人才会绣这么漂亮的画。真是心灵手巧，匠心独具！

潘医生家里每个周五的晚上都有六七个人聚会，都是年纪和她相仿的女人。这是基督教徒的查经聚会。有时能够听到屋里飘出来的女声合唱《奇异恩典》《爱使我们相聚在一起》等。潘医生曾经向我传过福音，我起先不信，但由于钦佩潘医生的为人，自己去过几次教堂，因此懂一点《圣经》，但因为没有受洗，不是基督徒，顶多算是慕道友吧。

　　来潘医生家的客人，能够喝上非常好喝的各种茶水、有玫瑰花茶、菊花枸杞茶、牛蒡茶、山楂葡萄红枣茶等等，还有台湾的兰香子，这也是潘医生家和其他人家不同的地方。潘医生是北京协和医科大学的硕士，已经是副高职称了。她的英文很好，人又和气，因此我当年考研时向她请教过不少问题。我发现她看过许多英文原版的小说，《德伯家的苔丝》啊，《人生的枷锁》《月亮和六便士》《嘉莉妹妹》《天才》等等，于是，在我的心目中，她不单是个大才女，简直就像女神似的。这么优秀的女子却没有结婚成家，连个男朋友都没有，我左想右想想不明白。郑军说一定是她眼光太高，高处不胜寒哪，平常的人家不敢要她，她也看不上啊。

　　潘晓的父亲死了有五六年了。他原来是附近这所大学的教授，去出差时一下飞机心脏病突发去世的。那时潘晓还在读研究生，和她母亲俩哭成了泪人。真是天有不测风云啊，谁能想到潘教授那么高大健壮的人说没就没了。当我看到潘晓捧着她父亲的骨灰盒进门的时候，我的眼眶湿润了。潘教授走之前还和我打过招呼的啊。

　　202号的王雨诗好像快生了，新来了个五十来岁的老妈子伺候她，因此偶尔也会出来溜达溜达。

　　从小过惯了苦日子的男人，最看不惯被人养起来的小三。小三们骄奢淫逸的生活在他们看来就是作孽，早晚会遭到报应的。因为在他们的潜意识里一直认为物质享受不是件好事，特别是对年轻的女人来说。

　　一天半夜，郑军当班。老妈子突然跑来找郑军，说王雨诗可能要生了，请郑军开车送她去医院。郑军跟着她进房间看了看，发现情况紧急，孩子可能马上就出来了。郑军连忙按了潘

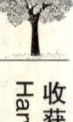

医生家的门铃,他知道潘医生这天正好没有夜班。

潘医生来了后用高压锅给她带来的剪刀消毒,说没事,一切正常,孩子的头都出来了。很快,一声婴儿的啼哭就划破寒冷的夜空,一个小男婴诞生了。当老妈子给他洗好包好后抱出来,大家发现孩子长着黑发,而且眼睛都睁开了。

是个漂亮的男孩。郑军说当他看到这孩子的那一刻就喜欢上了,好像冥冥中会和孩子有什么关系。也许这就是上帝在做工吧。

(五)春花秋月何时了

郑军问王雨诗:"听口音你是江西的。是临川的吧?""你怎么知道?""我是临川的,和你是老乡。"一聊起来,原来王雨诗是郑军的远房表外甥女。王雨诗不叫雨诗,叫春花。

王春花的父亲原来是临川县里一个事业单位的司机,在她读高一的时候,出车祸死了。王春花的母亲和郑军的母亲是远房表姐妹,王春花考上大学后,母亲改嫁了。王春花大三的时候到继父家找母亲,母亲正好不在,继父对她性骚扰,要不是她一巴掌刮过去,加上碰巧有人来敲门,她逃了出来,从此,再也没有去过母亲的新家。

大四的时候,学校搞校庆。春花是学历史的,人长得漂亮,又很乖巧伶俐,就被派去招待校友。结果被个厅长看上了。厅长55岁,老婆孩子都在国外,是个裸官。"我知道学历史的不好找工作,我又没有什么靠山和背景,见他对我好,人也挺幽默挺像样的,就做了他的小三。""王雨诗这个名字是他给我取的,他嫌我原来的名字太俗。"

这个厅长很少来这里。我估计他不只这一套房子。人我见过，确实长得人模狗样的。

　　王雨诗住进来有三年左右，原来这套房子一直空着。她住进来后都是一个四十来岁的女人来帮她交物业费。怀孕前有个三十岁左右的保姆，给她买菜做饭连打扫卫生。王雨诗刚来的时候一身行头少则几千多则上万，我从她身上看到了LV包、珍珠项链和上流社会的生活影子，做瑜伽洗桑拿做美容泡海水温泉，就连她的狗奥迪都养尊处优。有一次她出来遛狗，刚到我的门房旁，碰上了另外一条别的小区的人遛着的狗，奥迪一下子挣脱了王雨诗手上的链子，爬到那母狗身上去了。我一看这情形，就骂道："妈的，也不看清对象就乱搞，生下一堆杂种！"王雨诗一听，骂道："轮得上你说话吗？也不撒泡尿照照镜子。"从此我看到奥迪，就干脆叫它镜子。

　　王雨诗生下孩子后厅长来住了一个多月，就没有再出现了。我发现王雨诗做了母亲后吃起了冬虫夏草等补药。郑军有去看过她一两次。半年后，我发现她的宝马车没了，我问郑军他的这个亲戚最近怎么了？孩子他爸好像把她甩了，车好像都卖了。郑军说那个厅长，也就是孩子他爹出事了，是车祸，很可能是被人暗算的，公安局在调查呢。

　　我倒吸了口冷气。"这孩子上了户口吗？"我忙问。"还没有。"郑军说。

　　王雨诗还好有郑军这么个亲戚，这是她不幸中的万幸。她不久就把保姆辞了，自己带孩子。经过了生活的这么些磨难和变故，她好像一下子成熟了二十岁。如今，洗尽了铅华的她可能又加上了做母亲的缘故，变得和蔼可亲、善解人意，不再那么高傲自私、目中无人了。潘晓和徐阿姨也不时地关照她，给她送去一些奶粉和小孩的衣服。由于郑军经常去看她，给孩子洗澡换尿布什么的，我就对郑军说："你干脆就和她过日子吧，

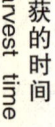

亲上加亲的。"郑军起初有点尴尬，后来真的就和她好上了。孩子一开口说话，就叫郑军："爸爸。"我不禁为郑军高兴，也为这个家高兴。

　　我的同事加哥们郑军搬走了，他是和王春花一起带着孩子走的。202号卖掉了，这是我做保安十二年来搬走的第一户人家。我又成了孤家寡人，我决心要在这座城市找对象。很快，我就能拿到文学硕士的文凭了。我希望我的这篇短篇小说能够发表，成为我的处女作。它是我的保安生涯的艺术结晶，是我的心血之作。

　　我希望能够由此开始我的新的人生。

气球·祈求·企求

　　1975年的3月。金门和厦门是海峡两岸，其实大约相距不到六公里。由于两岸政治制度的不同，成为敌对的两个阵营。金门的马山有个广播站，有个功率很大的巨大的喇叭成天对着厦门广播。前段时间，著名歌星邓丽君小姐曾来到这里，慰问驻岛的官兵。

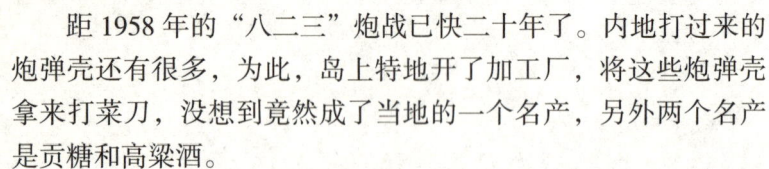

　　距1958年的"八二三"炮战已快二十年了。内地打过来的炮弹壳还有很多，为此，岛上特地开了加工厂，将这些炮弹壳拿来打菜刀，没想到竟然成了当地的一个名产，另外两个名产是贡糖和高粱酒。

　　此时的两岸局势已不像过去那么剑拔弩张。平常的日子两岸相互飘着气球，气球载的都是些宣传品。厦门飘过来的宣传品有些祖国大好河山的风光照，有黄山、长城等名胜古迹，也有厦门集美和鼓浪屿的美景。

　　林升豪在金门服兵役已有一年了。他现年24岁，台湾大学中文系毕业。新竹人。父亲是新竹一家米粉厂的老板。他从小吃米粉长大，看着工人们夜以继日地生产米粉，成天闻着米粉的味道，以致他考上大学后决心不再吃米粉，因为他一闻到米粉的味道就泛胃酸。

　　他在读大学的时候，偷偷地看了一些"左倾"的禁书，包括马克思的《资本论》《共产党宣言》，毛泽东的《论联合政府》，心理的叛逆和身体的叛逆一起成长壮大，竟悄悄地萌发了到大陆去的念头。他的祖籍是福建漳州的龙海，父亲在新中国成立前夕被国民党抓壮丁到了台湾。他知道大陆有他的奶奶和姑姑，尽管他从来没有见过，但他有时会从他见过的和他奶奶年纪相仿的当地老太太的面影上拼凑一下奶奶的模样。

他曾捡到过大陆飘来的宣传品，看到过一些厦门风光，这越发激起了他想回大陆的念头。今天，他又在翟山隧道口站岗了。身旁就是蒋介石题写的"毋忘在莒"几个大字，同样的几个字放大好几十倍刻在南太武山上，当地人用闽南话读这几个字成"无望的事情"，真是令人啼笑皆非。

他站岗的另一个地点是位于金门岛要冲的古北口上面的八达楼子。站在塔楼上，能够看到金门岛四周公路上的动向。

他曾独自悄悄地到妈祖庙里进香，希望自己的心愿能够顺利实现，并且希望能够尽快找到机会，尽快见到奶奶。他祈求妈祖保佑自己未来的人生能够幸福、美满。台湾只是弹丸之地，大陆才是他人生的大舞台，他这个学中文出身的人，应该到那里去一展宏图，施展抱负。

一想起新竹的家他就烦。他的母亲是新竹当地人，没啥文化，脾气又不好，每当想起自己生活中的不如意或者心中的伤痛的时候，会披散着长发，搬张凳子坐在自家的庭院当中边哭诉边念叨，一把鼻涕一把眼泪的数落人，鼻涕拖下来的时候，就用手擤一下，然后一甩，把手在凳子边上抹一抹，他从小时候起一看到这个动作就感到非常恶心。

后来，他隐约知道了父亲在外边有相好的，还生了个弟弟，因此，他萌生了要尽快逃离这个家的念头，他要逃离、逃离、逃离，他要逃得远远的，让谁都找不着。

在一个没有月亮的晚上，他偷偷地到小金门寻找偷渡下海的地点。大金门的各个村子村口树立着风狮爷做守护神，小金门的守护神则是公鸡。他到大担和二担看了看，决定在二担抱着篮球泅渡到鼓浪屿。地点选好了，剩下的就是找时机了。他拿着月历算了潮水，要在涨潮的时候到达目的地才行。

　　三月底的夜晚还很冷，他趁着换岗的空隙溜了出来，来到预先选定的地点，在一块礁石后面脱下衣裤，仅剩下一条泳裤，就抱着篮球下海了。这个地方没有岗哨，到海里的路比较隐蔽好走，而且没有铁丝网等障碍物。

　　当他的整个身体没入海水之中的时候，由于激动，又有点冷，不禁打了下寒战。他熟练地游了起来，先是一个十来米的潜泳。他从小就有副好水性，这是他投诚的动力之一。他躲过了探照灯，感觉这几天好像岛上的空气不是那么紧张，防守有些松懈。真是上帝保佑，天助我也。

　　不久就游到了比较安全的海域。他靠星座定位，他的眼睛视力很好，能够清楚地确定自己的方位。有个篮球做伴，心理上也是个安慰。只是游了一两小时后，左腿被不知什么东西电了一下，也许是海蜇，或者电鱼，他感到又麻又痛，只好顺着水漂流，半个多小时后，好像没事了，他又迅速地游起来。

　　隐隐约约地能看到鼓浪屿的灯光了，他的心觉得一热，胜利在望啦。他想起海明威的《老人与海》，想起他的名言："人只能被毁灭，不能被打败。"

　　当他的双脚踏到沙滩的时候，他扔掉了篮球。走了十来米后有人大喝道："什么人？站住！"他站住了，举起了双手。

　　是哨兵。他明白他成功地到了对岸。

　　来人把他带到一个哨所里。两个人看了他缝在泳裤里包了好几层塑料袋的大学毕业证书，服兵役的证件，然后把他领到一个有床铺和桌子的房间里，叫人送来衣服裤子，叫他先洗洗，休息。

他确实太累了，头一挨到枕头就睡着了。他梦见自己乘着气球横渡了海峡，气球很大，他在高空看地面，觉得很过瘾。

等他醒过来睁开双眼的时候，他看到桌上有碗稀饭、咸菜、油条、牛奶、面包。伸手一摸，稀饭是热的。他爬起来穿好衣服，一口气吃光了食物。有个人进来和他打招呼："你是林升豪吧。大学生。欢迎你来到这里。你睡了两天两夜了，累坏了吧。"说的是闽南口音的普通话。"这里是鼓浪屿，内厝澳。我叫陈自强。我带你去见一下领导。"

他随着陈自强走了一段路，来到一个招待所的会客室。他见到了五个人。营长、政委，另外三个没有穿军装。他感到对方客气，带点热情，说话很有分寸。他心里的忐忑和紧张少了许多，问过一阵之后，他随两个便装的人走出了招待所。

他被安置在一座小洋楼的楼上。附近传来一阵钢琴声，是钢琴伴奏的《红灯记》选段，鼓浪屿出生的音乐家殷承宗的杰作。他在台湾时从半导体收音机里偷听过的。

一天后，他从收音机里听到"人民公敌蒋介石"死了。这一天是中国的传统节日清明节。

大陆对蒋介石的离世一事在新闻报道上作了冷处理，既没有兴高采烈，也没有什么哀痛的表示。这个和共产党打了二十几年仗的在银幕上一直是"蒋该死""蒋光头"等的反面人物的死，可能意味着过去的一切终于过去了，历史正朝着新的方向迈进。用毛泽东的一句话来说，就是："前途是光明的，道路是曲折的。"用孙中山的一句话说，则是："世界潮流浩浩荡荡，顺之则昌，逆之则亡。"

陈自强陪着他走了一遍鼓浪屿的大街小巷，登上日光岩眺望全厦门，到菽庄花园的曲桥回廊上徜徉。他看到鼓浪屿的教堂很多，很漂亮，可是礼拜天却没有人做礼拜。"我们是历史唯物主义者，无神论。讲辩证唯物主义。"陈自强对他解释道。他知道历史唯物主义讲人是由猿变来的，而基督教讲人是由上帝创造的。一个是进化论，一个是创造论，风马牛不相及。

一天，一个干部模样的人来找他，拿出两张考卷让他独立完成，每份考三个小时。他一看，一份是国文，一份是英文，干部说先考国文，于是，他便埋头做了起来。

国文的考题很浅，有道题是谈《史记》的，问他对项羽、陈涉的看法等等。他不习惯看简化字，答题用的都是繁体字。英文也不难，大约相当于台湾高中毕业考大学的卷子。他做完两份考卷只用了三个小时。干部收了考卷后满意地走了。不久，他接到通知，回漳州他的祖籍地的一所师范学校当教员。

漳州龙海的老家是典型的闽南农村，他们把房屋叫厝。金门的厝如果屋脊上是像燕尾式的尖翘角代表的是读书人家，如果屋脊是马背式的则代表是生意人家，闽南的农村也这样。他总算找到了他的祖厝，看到了厝顶瓦楞上的茅草，看到了马背式的屋脊，他的眼眶湿润了。当他进到屋里，见到了白发苍苍的奶奶的时候，他叫了声"奶奶，我来看您了"，然后双膝跪了下去。他深深地磕了三个响头后，泪水再也止不住了。

他在学校住单身教师宿舍。学校离老家自行车40分钟。他的课安排在下学期，于是，他利用这几个月空闲的时间认真地学习和研究起了简化字和汉语拼音。他要求自己给学生上课的时候都要和当地的其他教员一样，不能让学生看出他是外来的。闽南人把教师都唤作先生，因此，他就是林先生了。

新学期开学了。由于准备充分，加上他原来的底子好，他的课很受欢迎。大陆这时候还是"文化大革命"时期，招生是靠推荐上来的，虽然他的学校只是中专，却是培养中学教师的。他不但要教中文，还要教英文，因为学校师资奇缺。原来有两个老资格的好先生,在"文化大革命"前期被批斗,一个上吊了,一个被斗死了,另外一个在扫厕所的先生是教地理的。他是断断续续地从敲钟的校工那里听到这些的,心里不禁感到一种惶恐。

平时他不参与教员之间的闲聊。他知道学校虽小,教员却有派别,而且有党员、非党员等的区别,他初来乍到,摸不清底细。他儒雅随和,称得上谦谦君子,而且能写一手好字,因此各色人都乐意和他结交,很快地,他就成了当地很有威望的先生。连他的奶奶和姑姑都感到他是个人才,都开始以他为家族中的骄傲。

接着就是有人来做媒提亲了。一过了年,他就25周岁了。可是,他一概回绝了人们的美意,因为他心里清楚,他要找的是一个能够著书立说的人生伴侣,而不是一个只会生儿育女,围着丈夫和锅台转的主妇。他回来的目的绝不是为了在老家当个普通教师,他要等待机会脱颖而出,一鸣惊人,一飞冲天。

1976年是中国的多事之秋。1月8日周恩来辞世,接着是朱德,然后是唐山大地震,9月9日毛泽东逝世,10月份粉碎了"四人帮"。他都参加了单位组织的各项活动。在被称为"金秋十月"的喜庆日子里,他和全校师生一起大游行,深深地感受到了大陆民众参与政治的热情。接着揭批"四人帮"活动在全国开展起来,有些人坐牢了,有些人解放了。他的单位墙上都贴满了大字报,这些大字报很多是他手抄的,因为他的字写得又快又好。他感到中国政治的复杂和可怕。一个人要是被打倒了,就会被人踏上千万只脚,成为"不齿于人类的狗屎堆"。

1977年恢复了高考,他马上感到自己的机会来了,他要报考北京大学中文系硕士研究生。于是,他边复习功课边教书,整天很忙却精神抖擞。每个星期天回到老厝看望奶奶的时候,奶奶都会准备些好吃的给他补身子。当他的自行车驶近老厝的时候，他惊讶地发现，连阳光下的老厝顶上的茅草仿佛都焕发了生机，看来他家的风水要变好了。

"气球啊气球，银色的气球，你轻轻地飞啊慢慢地走。气球啊气球，银色的气球，我心里的话儿还没说够。你见了台湾的好姐妹，说我思亲泪长流。故乡的荔枝已红透，亲人不在怎能去采收？"这首民歌风味的大陆搞统战的《思亲曲》被著名歌唱家李谷一演唱得优美中带着哀怨，立即风靡起来。他一听到这首歌的旋律，就会情不自禁地想起邓丽君。他在来大陆之前在金门见过一次，他还想，他有可能会见到这个李谷一，因为他的天地变得宽阔了。

他和学生一起参加了考试，学生考大学，他考研究生。经过近两个月的紧张的等待之后，他盼到了录取通知书。

当他怀揣着通知书，在厦门火车站踏上北上的火车之后，他的心里不禁泛起阵阵的涟漪。因为他看到了未来希望的玫瑰色的曙光。

他的人生一定会很精彩。他九死一生地回来是回对了！

台湾来的猫头鹰

傲霜的家住在大学校园内的教工宿舍楼里,该栋楼靠近一个山坳,比较偏僻,黄昏时常能听到猫头鹰的一两声叫声。

傲霜27岁了,和父母亲住,是本市一所中学的语文老师。那是20世纪80年代中期,刚改革开放不久,单身的女教师是不能在单位申请住房的。而傲霜还没有谈过恋爱,在感情生活上还是张白纸,可是,当时这个年龄在大陆,已是老姑娘了。

傲霜的父母都是大学里的副教授,上头本来有个哥哥,"文化大革命"时去下乡后自杀了,因此,傲霜变成了独女。她的父母年迈多病,就请了个小保姆梅贵来帮忙。梅贵是漳州平和人,农民的女儿,初中二年级就辍学了。她做事勤快,为人乖巧,深受傲霜家欢迎。

傲霜和梅贵成了好朋友,梅贵一有心事,就和傲霜说。梅贵是个有向日葵心情的人,只要给点阳光就能灿烂一整天。

一天晚上,刚吃完晚饭不久,梅贵忙完了杂事,就到傲霜的房间来聊天。梅贵说:"我昨天夜里听到猫头鹰和我说话,它说我会嫁到台湾去,生一对儿女。"

傲霜笑道:"你岂不是成了公冶长了,能听懂鸟语!"

"公冶长是谁?"

"是孔子时代的一个人物,能懂鸟语。一天,他听到一只鸟对他说:'公冶长,公冶长,前面虎吃羊,你吃肉,我吃肠。'公冶长跑过去一看,果然,就拿回了老虎吃剩的一些肉。

"傲霜姐又讲故事了。你啊，一肚子墨水，也该讲给你孩子听听，烂在肚子里太可惜啦！"梅贵笑着说。"傲霜姐，我想到大酒店里打工，我杀鱼技术好，想去碰运气。"

"我支持你去。你也二十二岁了，是要嫁人了。"傲霜说。

于是，梅贵就离开傲霜家，到市内一家新开张的大酒店杀鱼、剔鱼刺。梅贵杀鱼的技术好，能把每条鱼的鱼刺都剔得干干净净，因此，很快就成了该酒店的能人和招牌，许多客人来，一定要点梅贵杀的鱼吃。

不久，一个台商看上了她。台商拿着一万美金，到梅贵的漳州老家求婚。一万美金在20世纪80年代可不是小数目，梅贵的父母答应了台商，就这样，梅贵嫁到了台湾的台中市。

到了夫家才发现，丈夫并不是台商，而是无业游民，街头的混混，还和黑社会有点瓜葛。家里仅有个婆婆，公公早没了。

梅贵只好又到酒店里杀鱼。她杀鱼从来不戴手套。由于长年累月的辛劳，她的一双手上满是伤痕，刀割的、鱼刺刺的，摸起来竟像板刷似的粗糙。冬天浸在冷水里的手常冻得又红又肿，生了冻疮，十个手指指背上都是，晚上睡觉又痒又疼，半夜醒来，不知哭湿了多少个枕头。她的勤劳和善良，得到了婆婆的喜爱和街坊邻居的尊敬。日子就这么一天一天地过着，她有了一儿一女，可是，在儿子九岁、女儿七岁的时候，丈夫和人打架斗殴，死了。那年，她才三十四岁。

婆婆见她年轻，担心她改嫁，郑重地对她说："你就看在这一对儿女还小的份上，别嫁了，我认你做女儿。我就这么一个不争气的儿子，你这些年很不容易啊！我绝不会亏待你的！我死的时候，你一定要自己亲自给我擦洗身子，你能答应我吗？""能，妈妈平时就疼我，我一定做到！"

傲霜成了市里的教学名师。由于长年累月地上课，得了慢性咽炎。当年的美女早就成了黄脸婆了。她的父亲几年前去世了，她仍然没有嫁，和母亲相依为命。

傲霜家里在梅贵走了之后就没有再雇保姆。母亲一方面唠叨傲霜不嫁人，一方面又担心她嫁掉。因此，傲霜成了家务能手，既能上厅堂，又能下厨房。能干的女儿总是出自不能干的母亲。

傲霜时常在半夜里醒来，有时会想起梅贵，梅贵去台湾也二十年了，过得怎么样呢？

在台湾的梅贵有时也会想念起傲霜。只是她文化程度低，写不好信，加上以前通信不便，也就断了联系。她的婆婆去世了，梅贵亲手给婆婆更衣沐浴、收敛。在婆婆的腰包中，她发现了一本存折，上面竟然有两百万美金的存款！

婆婆果然没有亏待她！

梅贵用这笔钱翻修了房子，置了家酒楼，自己成了董事长，供儿女读完了大学，这才决心回大陆看看。

经过千辛万苦，梅贵总算找到了傲霜的家门。厦门这三十年变化太大了，别说梅贵，就是老厦门人都有很多路不认识。傲霜家也乔迁了新居。

当梅贵带着女儿走进傲霜家的时候，两人不禁相拥而泣。

坐定寒暄之后，梅贵拿出一个台湾产的粉红色的瓷猫头鹰储蓄罐送给傲霜。"你还记得当年我在你家里时夜里和你说的那个梦吗？"

"记得。你都实现了自己的梦想，真了不起！"傲霜由衷地说。

"你这么些年还一直单身！姐你就听我一句：趁着还不算

老，你就嫁了吧！要不要我给你介绍个台湾人？"梅贵热心地说。

"多谢了！我……"傲霜望着梅贵和她女儿，心里不禁像打翻了五味瓶。但她是一个喜怒哀乐不形于色的女人，多少年单身生活的历练，使得她很中庸，很麻木，很世故了。

众鸟高飞尽

(一)

　　这是一个冬天里的春天。温暖的阳光给城市镀上了一层金色，驱散了前些日子的寒气。

　　在滨海大学的教工宿舍里，物理系教授林世雄的儿子林滨正在宽敞的客厅里用手机玩"飞机大战"的游戏。他已办好了赴美留学的手续，几天后就要飞往大洋彼岸的美国斯坦福大学，攻读物理学博士学位。

　　林世雄此刻仿佛身处在时光走廊的那一头。那是三十年前的自己，也在滨海大学物理系求学。他以全国第一名的成绩，考取了李政道先生在大陆招收的第一批研究生，那时的他，就像现在的林滨，踌躇满志。他长着个鹰钩鼻，大眼睛，是左撇子，用左手吃饭、写字。林滨都遗传了他的这些特征，只不过比自己高出大半个头，一米八的大个子。

　　那时的滨海大学只有现在的五分之一大，四周都是菜地，林木蓊郁，四季鸟语花香，每天清晨，大家都是在鸟叫声中醒来。林世雄住在思鸣（2）301号寝室，同宿舍另外三个人也是物理系同班同学。一个是甫天庆，长的秀颀挺拔，白皙儒雅，绰号叫甫志高，小说和电影《红岩》里面的叛徒，因为康生说过"长得这么漂亮的男人看上去就不像好人"。他读了四年大学，欠了一屁股的风流债。一个是李海鹰，中等个子，浓眉大眼，是典型的革命文艺里男主角的形象。高干家庭出身，眼睛和嘴角总是透着自信，这可能是因为从小受到父母亲的爱较多的缘故。还有一个脚有点跛，叫郑晓续，学习不错，内向，机警，像一只孤独的狼。

那时学生之间流行问人："春天的鲜花，夏天的海洋，秋天的月亮，冬天的太阳，这四样你最喜欢什么？"甫天庆选春天的鲜花，林世雄选冬天的太阳，李海鹰和郑晓续都选的是夏天的海洋。郑晓续可是游泳能手，在水里像条鳗鱼。

如今，甫天庆是耶鲁大学物理系教授，已婚，太太是家庭主妇，有一子一女；郑晓续在麻省理工大学物理系当实验员，太太是小学老师，育有一女；李海鹰是斯坦福大学物理系副教授；林滨此番出国，李海鹰是帮了忙的。

林世雄当年是物理系的才子，不但学习成绩优异，还酷爱文学。那时正值文学热，出版社不仅盗版琼瑶、金庸的小说，还重印了许多19世纪的外国文学名著。林世雄几乎每天都捧着一本在看，什么《红与黑》《巴黎圣母院》《悲惨世界》《罪与罚》……他全都看过，还能在日常的讲话中引用一下里面的一些名言。

可是，同学们大都出国了，而他这个第一名却没有走，大半辈子也没啥骄人的成就，当年的天才，已经泯然于众人矣。

在斯坦福大学的副教授李海鹰单身。他是同学中最早结婚的一个，可是去美国后老婆跟个老外跑了。林世雄最值得欣慰的是自己的家庭生活美满，妻子张洁茹是个医生，贤惠温柔，儿子一直很优秀，因此，他对这个独生子期望很高。

他清楚地记得自己拿到赴美录取通知时的那种激动和狂喜，以及旁人那种歆羡和嫉妒的目光。谁都说他前途无量，前程似锦,可是这一切的一切,随着他奶奶的到来被彻底粉碎了。

他的那个八十岁的裹着小脚的奶奶竟然在他父亲的搀扶下走进物理系办公室,找到当时的系领导,用闽南话说:"我只有这么个孙子,无论如何不能去美国。美国有啥好?他要是去了,我就再也见不着了!"边说边用枯瘦的手擦着流下来的眼泪。

于是,他留了下来。在旁人惋惜、摇头,半是同情、半是嘲笑的目光中,他成为一名孝子贤孙,而不是世界著名的物理学家。

"世雄,林滨,吃晚饭了!"妻子张洁茹的声音打断了世雄的沉思。他的思绪又回到了千篇一律的日常生活中来。

(二)

20世纪80年代中后期的大陆,仿佛是艘行将沉没的巨轮,船上的人纷纷逃生,真可谓是"八仙过海,各显神通"。受过高等教育的知识分子更是大量智力移民,有所著名的大学生物系,从1980年起招收的学生,竟然连续十几年的毕业生没有留下来的。"良禽择木而栖,良臣择主而侍"本来就是历代中国知识分子的行为准则,何况经历过"文化大革命"动乱,人心惶惶。外面的世界很精彩,何必闷死在铁屋子里呢?

林世雄、甫天庆、李海鹰、郑晓续四个人,成天在宿舍里聊的就是出国,去哪里,读什么学校。

林世雄是农民的儿子,父亲原来在镇上做小生意,在当时属于"投机倒把",卖些土特农产品。他做得一手好菜,街坊邻居的婚丧嫁娶都要请他掌勺。一次给人做饭的时候肚子疼,他以为不要紧,就忍着,等饭菜做好之后疼得厉害,连忙送镇卫生院，说是肠痉挛要手术，可是肚子打开之后停电了，此时天已黑，只好靠蜡烛照明，结果手术失败了。那年他才七岁，过继给了叔叔。他于是立志学物理，将来长大了好做发电机，给人带来光明。

甫天庆是平潭渔民的儿子，父亲早年出海遇上台风，翻船死了。他母亲守寡把他和弟弟养大，十几岁的时候被家族中的一个远房叔婶诱奸，从此发现了性爱的乐趣。他靠美貌和才华吸引美女，名声不大好，既有人告他，又有人保他。外面才不管这些男女之事，所以他想走，追求自由去。

李海鹰的父亲是副部级的校领导，大他母亲十几岁。母亲宋词原来是文工团员，结婚之后就不工作了。海鹰很早就发现母亲特别爱照镜子，有时会在衣柜前对着镜子发呆。那时人们的衣着都是灰、白、蓝，女人的衣服也没啥花样，冬天的外套里面用假领衬着，只有领子没有衣服，不是衬衫，所有人都是如此。宋词当然也没啥可打扮的，只是海鹰觉得她可能会破镜而入，走到镜子里面去。

不照镜子的时候，母亲会仔细地琢磨海鹰的心思。只要他在家里，母亲会拆他的信，看他的日记，偷听他接电话，简直就跟个密探似的，这让海鹰极为反感，所以他发誓要出国，走得远远的。

郑晓续的父母是高级知识分子，却偏偏生下个残疾的儿子，因此，小时候常被父母关在家里，很少让他出门玩。在他们眼中，这个儿子是他们的耻辱。可是，到了上学之后，晓续却表现出了智力上的优势。从小学到大学，他的成绩一直优秀，而且父母发现这种优秀是天生的，因此，父母对他的态度来了个大转弯。这可是个天才啊，他们私下里说。

晓续的父亲常年生病，家里总在熬中药，一年四季，空气里都是中药味。在晓续的眼中,家已近没落,而他是最小的孩子,要到远方去呼吸新鲜的空气。

物理系的女生少,可能女人天生就缺少物理细胞。喜欢林世雄的女生有一两个,但只是有点喜欢而已。林世雄是惠安人,典型的重男轻女,才不会乐意被女人倒追。他喜欢的女孩子在福建医科大学就读医学系,是他母校中学校长的女儿,初高中时的同班同学。他几乎每天都给她写信,诉说自己的爱慕和思念之情。现在临近毕业,关系也公开了,女友张洁茹还到滨海大学来看过他,于是,他急于求婚,写的信也就开始肉麻。本来他就有点偷窥癖,小时候有次和同伴在学校里去偷看女生洗澡,被人当作小流氓抓了起来,因为他才十四岁,不算犯罪,加上他的功课很好,校长保下他,只是批评教育了一下而已。然而这件事情给他的心理产生了一些阴影,他变得爱看人洗澡。南方的澡堂一人一间隔开,但也有一大间大家一起冲的,他总爱在大间洗,碰上身材好的男人,总爱偷看几眼。在他的眼里,男人如果太好就是没有性能力,女人要是太规矩了就会得精神病。他平时的另一个爱好就是打球,而爱好球类的男人天生喜欢竞争、喜欢较劲,这一点他和甫志高很像。只是甫志高发现林世雄喜欢窥探他的恋爱举动,因此和他有点格格不入。

李海鹰的女友和他是青梅竹马的邻居,在南京药学院制药系就读。李海鹰很勤奋,但是不聪明。他喜欢的运动是长跑和游泳。在班级里是团干部,正统的"红二代",已经入了党,可谓真正的天之骄子。但他对当官不感兴趣,希望走自己的路,哪怕跌得头破血流。

郑晓续没有女友,他一直在暗恋着本系的一个女生,却不敢有所表示。他觉得自己的条件差,配不上她,可是每天夜里在梦里都和她相拥。他有次半夜忍不住潜入她的宿舍偷偷地待在一边看她睡觉,那时她的屋里只有她一个人,其他的女生回去了,结果女生惊醒,喊了出来,而他腿脚不便,没有跑,被保卫科抓到了。女生对这件事没有声张,保卫科也给他兜着,没有处分他。他觉得自己在国内可能娶不到老婆了,于是决心到美国去之后才成家。

(三)

海边,白浪逐着沙滩,李海鹰和女友盛若因在海边并肩走着。盛若因放暑假了,她比海鹰小两岁,明年才大学毕业。他们这一对称得上郎才女貌、门当户对。

此刻,海边的浪花很小,有点像若因连衣裙衣领和胸前的蕾丝。

大海的日出,
引起英雄多少由衷的赞叹;
大海的夕阳,
招惹诗人多少温柔的怀想。
多少支峭壁上唱出的歌儿,
还由海风日夜、
日夜地呢喃;
多少行沙滩上留下的脚迹,
多少次向天边扬起的风帆,
都被海浪秘密、
秘密地埋葬。
有过咒骂,有过悲伤,
有过赞美,有过荣光。

> 大海——变幻的生活，
> 生活——汹涌的海洋！
> …………

李海鹰背起了当时风靡全国的舒婷的诗《致大海》。"我更喜欢她的《珠贝——大海的眼泪》"，盛若因说。

> 在我微颤的手心里放下一粒珠贝，
> 仿佛大海滴下的鹅黄色的眼泪……

盛若因饱含深情地朗诵着。
"这首诗太小资情调了！"李海音说。

> 当波涛含恨而去，
> 曾在大地雪白的胸前哽咽，
> 它是英雄眼里的颗颗眼泪，
> 也和英雄一样忠实，
> 嫉妒的阳光，
> 终不能把它化成一滴清水；
> 当海浪欢呼而来，
> 大地张开手臂把爱人迎接，
> 它是少女怀中的鲜花嫩叶，
> 也和少女一样多情，
> 残忍的岁月，
> 终不能叫它的花瓣枯萎。
> …………

"我最喜欢的句子是'撒出去——

失败者的心头血,

矗起来——

胜利者的纪念碑。'"

盛若因说。李海鹰这才发现若因的声音里有种阳刚的美,再看一下她穿着件海蓝色的连衣裙,便说:"你今天就把大海穿在了身上!"

"去你的。"若因弯下腰捡起了一个贝壳,脸上却红彤彤的,李海鹰趁机来了个拥吻。

"我们结婚吧!我再过三个月就要去美国了,你准备一下。"李海鹰说。

"可是我还有一年才毕业。"若因说。

"不要紧的,我们都过了晚婚年龄了。"海鹰说。"你一毕业就来美国。我那时正好站住了脚跟,你来就是个家了。"

两个人的心中充满了对未来美好生活的憧憬,便在附近一块礁石上坐了下来,欣赏着夕阳下的海色,看着归来的渔船,听任海风吹拂起头发。

海鹰一个劲地按着手中相机的快门,恨不得把这一切美景连同若因全拍下来带走。

若因不知道李海鹰没有考上公费留学,是林世雄放弃了之后,通过各种关系,拿到一个名额才去的。若因自己学习成绩非常优异,完全可以凭着自己的能力出国,并不需要用婚姻关系这一条。

(四)

李海鹰和盛若因的婚礼十分简单。那时也没有婚纱照,仅只是普通的双人彩照,刚有彩色照片,他们用新买的照相机,请林世雄帮忙照的。

新房就在李海鹰父母的家里,李海鹰仅有一个妹妹,而他的父母住的是栋小楼,上下两层。新房放在一层楼,父母和妹妹住楼上。

刚度过蜜月,李海鹰就出国了。若因送走了丈夫后回到了学校,投入到紧张的学习中。

总算大学毕业了,若因松了口气。她坐上了开往滨海的火车,在硬卧上连着睡了一天一夜,终于到家了。

可是,来接站的是若因的哥哥若明,小姑海星却没有来。因此,若因和哥哥先回到自己的家里,过了一天才回到婆家,没想到婆婆因此很不高兴。宋词看着自己这个新媳妇,漂亮的女大学生,比自己强,也比儿子优秀,因此既妒忌又担心,觉得儿子可能驾驭不了,就决定给她一些颜色看看,免得长了她的骄娇二气,灭了自己的威风。

"我家的保姆你不能使唤。你自己生火做饭,火食和我们分开。"宋词心想,你很快就要出国了,现在在这里先独立生活,出国后才能做个好媳妇。

"好的,妈。"若因答应道,心里却十分不高兴。这不把我当外人了吗?还是新媳妇呢。

直到有天下雨,保姆只收了婆家人的衣服,若因的衣服却在那里淋雨,若因心想:这也太过分了,把我当房客还不如呢!于是,天又下雨时,若因也故意只收自己的衣服,婆婆和小姑海星因此连着抱怨了好几天,说她心里根本没有别人,没有这个家。

有天晚上宋词说心口闷,若因拿了两片阿司匹林,端了杯水给婆婆。宋词忙问:"这是什么药?"若因说:"阿司匹林,可以缓解胸闷,你有高血压吧。""我没有高血压。这药是治发热的,我又没有发烧,你不是要毒死我吧?"宋词高声嚷着,一挥手,打掉了水杯。

若因见状,一扭头就回了娘家,再也不肯回去。

若因收到了李海鹰的来信,他远在国外,并不晓得家里的情形。中国的婆婆和媳妇很少没有矛盾的,因此,他以为没啥大不了的事。他知道若因倔强,再说,他知道自己的妈很不好对付,所以对若因再三赔礼道歉。

若因自己很快联系上了美国的学校,很快也出国了,走之前,她硬着头皮去向公公婆婆告别,心里却说,我再也不想看到你们,你们这些自私虚伪的家伙。

(五)

和李海鹰简单仓促的婚礼相比,林世雄和张洁茹的婚礼可是隆重多了,不但在老家惠安办了十几桌,回到学校也办了几桌。他毕业留校当助教,张洁茹分在市里的医院当外科大夫。

他们的新房只有一间,十二平方米的教工宿舍,没有厨房和卫生间,每户人家在走廊安个煤炉灶。他们就在这样的条件下备课、做学问、做爱、生孩子、养孩子。

林世雄成了模范丈夫,每天买菜做饭洗尿布。张洁茹是医生,工作非常忙,晚上回到家有时累得一头倒在床上不想起来。这样的日子过了十年,孩子大了,世雄也读完了博士晋升讲师,有了自己的单元套房,家开始像个家了。

而此时,大洋彼岸的李海鹰和盛若因却协议离婚了。

甫天庆在毕业后很快和有海外关系的一名女子闪婚,很快地和她出了国,这位女子就是他到目前为止的太太。

郑晓续是出国得了博士学位之后结婚的,对自己的太太很满意。

(六)

不久前,李海鹰独自回到滨海市的父母家中。他已经辞去教职,成了一名牧师。当年英俊的小生海鹰如今已谢了顶。他的母亲宋词已去世多年,老父亲和宋词的孪生姐妹宋诗结了婚,仍住在老地方。

李海鹰望着墙上母亲的遗像,心想,母亲终于走到了镜子里。

到处都是崭新的高楼大厦。一群六七岁的男孩子边走边唱着"时间都去哪儿了?还没好好看看你眼睛就花了",李海鹰不禁停下脚步。

一眼望去,到处都是人造的水泥森林。现在的城市里,很少有鸟叫声了。空气中常有雾霾,时常可见到戴口罩的男男女女,看不出长相的美丑——众生在此时可谓一律平等了吧!

鸟是不是都飞到大洋彼岸去了?!

孤云独去闲

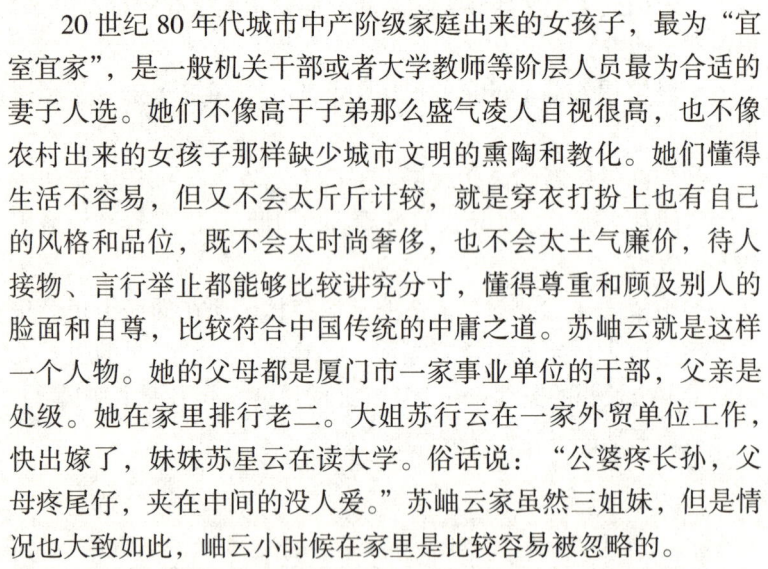

（一）

20世纪80年代城市中产阶级家庭出来的女孩子，最为"宜室宜家"，是一般机关干部或者大学教师等阶层人员最为合适的妻子人选。她们不像高干子弟那么盛气凌人自视很高，也不像农村出来的女孩子那样缺少城市文明的熏陶和教化。她们懂得生活不容易，但又不会太斤斤计较，就是穿衣打扮上也有自己的风格和品位，既不会太时尚奢侈，也不会太土气廉价，待人接物、言行举止都能够比较讲究分寸，懂得尊重和顾及别人的脸面和自尊，比较符合中国传统的中庸之道。苏岫云就是这样一个人物。她的父母都是厦门市一家事业单位的干部，父亲是处级。她在家里排行老二。大姐苏行云在一家外贸单位工作，快出嫁了，妹妹苏星云在读大学。俗话说："公婆疼长孙，父母疼尾仔，夹在中间的没人爱。"苏岫云家虽然三姐妹，但是情况也大致如此，岫云小时候在家里是比较容易被忽略的。

可是，上天让岫云出落成地道的美女，既不像行云那么高大，也不像星云那么瘦小。她皮肤白皙身材窈窕，一双杏眼顾盼生辉，一张口型很好的不大不小的嘴，不用唇膏都很红润。她大专毕业在本市一家不大的报纸编文艺副刊，那时正是文学热，她工作认真负责，却不是文艺青年，没有沾染上那时候的文青的一些毛病。她擅长长跑，做事情有韧劲，因此，在单位很受欢迎。她才二十一岁，年轻有活力，前途无量啊。

工作后的第二年，也就是1985年吧，单位的书记专门找她谈话，希望她能够在政治上要求进步，积极靠拢党组织，争取早日入党，要又红又专啊。她口头上答应了，却没有写入党申请，因为她对政治感到有点害怕和畏惧。她的姑姑原来是所大学里的英语教师，美貌出众，才华横溢，可是一辈子没有结婚，在"文化大革命"时期被人批斗，剃了阴阳头，说她是美国特务，她不堪屈辱，跳海死了。那年岫云四岁多，刚开始记事。岫云知道姑姑最疼她，因为在她两岁的时候，曾住在姑姑那里半年，父母曾经想把岫云给姑姑当养女，因为"文化大革命"爆发，才没有成为现实。可是，这么爱她疼她的姑姑死得这么惨，这给幼小的岫云心理上投下了阴影。她本来就是比较敏感的人，知道自己长相比较出众，容易招惹同性的嫉妒和异性的欲望，而女人必须懂得在这两者之间找平衡，像杂技演员走钢丝似的，才能当政治家，而她没有这个本事。她长得漂亮却没有一般美女常有的虚荣心，不爱抛头露面，衣着打扮也都比较素净，她有时甚至希望自己能够有隐身衣，以便在大庭广众之下把自己隐藏起来。

不久，姐姐行云出嫁了。行云的丈夫郑鹏程是转业军人，在一家国企工作。吃喜酒的时候，姐姐介绍了鹏程的表弟王卫东给岫云认识，说他们是校友，王卫东是77级的大学生，在宣传部门工作，是单位的笔杆子，前途光明。

岫云打量了卫东一下，浓眉大眼，满英俊的，却不是自己喜欢的那种。她喜欢清秀儒雅的，比较安静的，而卫东能说会道，一上来就逗得人喷饭，不过她看出来，卫东对她有好感。

行云买了台走私的三用机送给岫云听歌学英语。20世纪80

年代除了文学热外是英语热，岫云没有文学天份，但是有语言天赋，因此决心把英语学好。她读的是大专，英语基础不行，就报名上了夜大英语班，每周一、三、五和星期天晚上上课。

1986年开始，厦门流行自费留学，很多人去了澳洲，也有去日本、新西兰的。岫云的一个同学去了澳洲，来信描绘了一番澳洲的美景以及袋鼠和考拉，此人的文笔生动细腻，让岫云读后心向往之。她把这篇来信删改后发在自己的副刊上，引来许多读者来信，有人居然把此人誉为厦门的三毛和新加坡的尤今。

真正让岫云决心赴澳的是不久之后全国的"批判资产阶级自由化"，岫云单位的领导批评岫云发表国外来信，造成不好的社会影响，政治上太幼稚。当时有部电影《太阳和人》（小说原名叫《苦恋》）的作者被中央领导点名批评，因为片子里男主角的女儿有一句问她父亲的话："你这么爱这个国家，可是这个国家爱你吗？"这句话被认为是大逆不道的。因为中国人的老话是"子不嫌母丑，狗不嫌家贫"，祖国和人民是母亲和孩子的关系，母亲打骂孩子，但是孩子没有理由抱怨和不满。

岫云想起姑姑在"文化大革命"时期的遭遇，想起她的惨死，感到一种后怕。她预感到还会有更大的事件要发生，因此，她和父母商量了一下，决定请澳洲的同学帮忙联系语言学校，她要去澳留学。

父母亲拿出了他们一大半的积蓄，加上行云和自己的一些钱，总算联系好了悉尼的一所语言学校。得知岫云要出国，王卫东特地上门来劝说她不要去，并且表示希望与她建立和发展友谊，但是岫云去志已定，谢谢了卫东的好意。

（二）

　　澳大利亚在南半球，一年四季和中国相反。它的12月至2月是夏天，是最炎热的季节，3至5月为秋季，6至8月为冬季，9至11月为春季。

　　岫云是1988年12月中旬到达悉尼的。在厦门机场登机时穿着毛衣、呢大衣，一到悉尼，就在机场换上了夏装。她带来了一年四季的衣服，这些衣服都是刚从厦门的服装市场买的，是当时厦门最流行的款式和面料。可是，一走出机场，她就发现自己的衣着打扮和周围的人群以及景物有点不协调，有点呛眼，好像有点土豪气，让人一看就知道是中国大陆来的。

　　欧美一般人的衣着不论款式还是面料穿在身上给人的感觉是合体大气，色调也不太呛眼醒目。可是岫云身上的套装在肩膀上打了很多皱折，胸前胸后有两片披风似的东西，穿在身上不土不洋，却显得做作和小家子气，底下的裙子却是一步裙，到膝盖的。岫云的小腿比较粗，穿一步裙不好看，可是，她走了好几家厦门的商店，才买到两条喇叭长裙，却都是冬天的。

　　岫云用并不流利的英语一路问着找到了她的语言学校，心里的一块石头总算落了地。她办好了入学手续，在学校附近找了家旅店先住了下来，随后给家里打电话，说她到了，一切顺利，请父母放心。

　　她交给学校的钱是半年的学费，吃饭和住宿的钱要自己去打工解决。两天后，她在学校附近找了个私人住宅，楼上是房东住，她和另外一个香港来的女人住楼下，一人一间，合用洗手间和厨房。房东夫妇是英国移民，大约五十岁，夫妻俩是基督徒，看上去很和蔼慈祥。香港女人看上去比她小，也是来读语言学校的，却是一副见过世面的样子，为人机警，说话很谨慎。

她在离学校公交车两站路的地方找了个餐馆，课余端盘子、洗碗，管饭吃外还有点余钱，够她租房子和应付日常开销。在店里她第一次见到并且吃到了袋鼠肉，觉得有点像牛肉，却不像牛肉嫩。她还见到了像面盆那么大的皇帝蟹、龙虾、鲍鱼以及又肥又大又便宜的牡蛎。

这样的日子过了三个月，她的英语很流利了，她辞掉了餐馆的工作，到附近一家书店当店员。她是个聪明人，对书有一定的直觉和洞察力，知道哪些书会是畅销书，哪些是长销书，哪些能够保本，哪些是学术界必需的，哪些是日常工作和生活实用的。几年的报社副刊编辑没有白当。书店老板见她有点门道，加上中国大陆来的留学生日益增多，就叫她进一些适合这个人群阅读的书籍。很快地，她就在店里站稳了脚跟，并且深得店老板的信赖和器重。她和店老板说语言学校毕业之后她就在店里干，店老板同意了。

这时已经是澳大利亚的秋天了。四月的夜晚，悉尼不冷不热。书店是中等规模的，书架都是原木的，很是古色古香。灯光也很温暖，一排长桌上摆着些随手翻看的书，让一些既看书又舍不得买的书呆子能够过把瘾。书店早上九点开门，晚上十一点打烊。有一些老顾客是店里的常客，有的三两天来一次，有的每天必到。岫云做久了，能从常来的几个人里猜到他们的喜好、文化教养、所需要的书籍的档次和所在的地方，有时新到了一些书，会主动先推荐给他们。

就这样，她认识了斯蒂文先生，一个四十来岁没有结婚的单身白人，英国人的后裔。

中国女性看白种男人，感觉好像都长得差不多。上了年纪的很多秃顶，胖子多，块头大。斯蒂文却有点例外，没有秃顶，身材也很好，一米七六的个子，肩很宽，腰比较细，天生是衣衣架子,因此看上去显年轻。

斯蒂文大约一周来一次。这里的店星期天是不开门的,因为要去教堂做礼拜。斯蒂文大学学的是哲学,有硕士学位,能说几句简单的中文,这使得岫云对他要比对别的顾客热情些。

一天晚上七点多,一个二十出头的小伙子来到店里,说要买德国作家歌德的长篇名著,他递上了书名《Wilhelm Meister》,要买《lehrjahren, 1775》和《Wanderjahren, 1828》,岫云一看傻眼了,这是德文,她不懂,店里又恰好只有她一个店员。正好斯帝文就在附近,她便忙向他求救。

斯蒂文看了条子,用英文说:"这是歌德的《威廉·麦斯特》,一本是《学习时代,1775》,一本是《漫游时代,1828》。店里有,我去帮你拿。"说着就去德语柜上拿来了这两本书,解了小伙子的燃眉之急,也救了岫云一驾,岫云感激地望着他,觉得他格外可敬可亲。斯蒂文结账的时候,岫云见他买的是美国女作家CARSON McCULLERS的《THE HEART IS ALONELY HUNTER》,岫云知道这本书是小说名著,大陆有译本,她在厦门家里读过,译名叫作《心是孤独的猎手》。她忽然有种他乡遇故知的感觉,就说这书钱她垫了,以感谢他刚才的帮助。斯蒂文见状,便说明天她要是有空请她一起去喝咖啡,岫云愉快地答应了。

他们约会的咖啡店靠近海边,风景怡人。她穿了件薄毛衣,一条长裙。五月底的傍晚已近冬季,斯蒂文穿得西装革履,更显得他的文质彬彬。

他们在一起聊得很愉快。在岫云的想象中,像斯蒂文这样的人不是大学教授也是中学教员。岫云介绍了自己的简历,自己在厦门的家,家庭里的各位成员,从事的职业,自己的爱好和特长。斯蒂文特地问她的信仰是什么?是共产党员吗?她感到有点窘。信仰？她觉得老外好奇怪，怎么会问到信仰。她知道内地在"文化大革命"之后已经没有信仰了，人人都觉得自己上了信仰的当。她忙说自己不是党员，目前没有信仰。这下轮到斯蒂文惊讶了，人怎么能够没有信仰呢？他忙说自己是基督徒，信的是基督教新教，明天正好是礼拜天，他可以带她去附近的教堂做礼拜。岫云觉得不错，去见识一下也好，就答应了。

这个教堂比鼓浪屿的三一堂要大，显得历史悠久，庄严宏伟中有着精雕细刻的优美的雕塑。窗门上的玻璃都是彩色的，画面都是《圣经》故事，太阳光照进来，有种梦幻般的美丽。房顶很高，象征着天国很遥远，进去的门很窄。岫云遐想着。她看到了房东夫妇，还有和她同住的香港来的女同学。斯蒂文走过来，站在她的身旁。

她认真地听着牧师的证道，听不太懂。什么"耶稣为我们的罪而死"。我清白，没有罪啊。今天正好是圣餐日。要领取圣饼和圣杯。牧师拿起一块薄饼，掰开，掰碎在一个银色的盘子里，说："这是耶稣为我们舍的身体，我们来领受，为的是纪念他。"盘子传给每个人，受过洗的基督徒才能领受，岫云没有受过洗，不能领，就传给旁人。接着是领取圣杯，每一个小酒杯里都盛着红葡萄酒，牧师说，"这是耶稣为我们流的血，我们来领受，为的是纪念他。"随后的仪式和刚才领圣饼时一样。

岫云感受到了宗教仪式的庄严和神圣，听着激昂和优美的圣歌，感到心底里的冰块在消融，融化成清澈的小溪，小溪和其他的水一起汇合，奔向大海。

她和房东夫妇一起回到家里。这对夫妇对她很客气，有天晚上她来例假，头痛得起不来，女房东知道她没吃晚饭，特地盛了一碗热汤端到她的床前，然后为她祷告。说来奇怪，渐渐地，她的头就不痛了。

岫云已到澳大利亚半年，正值国内"六四"政治风波，西方好几个国家放宽了中国留学生的签证、居留和取得绿卡的时间限制。岫云很快取得了绿卡，不久，她就加入了澳大利亚国籍，正式成为澳大利亚的公民。

（三）

她入了国籍之后第一个想到的人是斯蒂文，她激动地在电话里告诉了他。斯蒂文得知后也很高兴，请她去悉尼歌剧院听音乐会，她连忙答应了。

悉尼歌剧院是澳大利亚的国家地标。这座前后耗时十七年，耗费了五千万英镑，超过了原来预算十四倍的建筑，直到建成之后，人们才明白实在是个杰作，投入的钱是物有所值。

它远看如群帆泊港，似白鹤惊飞。岫云早在厦门的时候，就被它的美丽惊呆了，早就心向往之。来到悉尼半年多，因为一直忙于求学和工作，她没有进去过。今天斯蒂文主动邀请，自然万分高兴。

时已严冬，但是悉尼并不寒冷，只要穿件厚毛衣就行。岫云套了件及膝的米色风衣，仔细地化了妆，早早地到了约会的地点。过了一会儿，斯蒂文开着一辆半新不旧的车子来了。进入音乐厅坐下之后，她才知道看的是古典歌剧《卡门》。岫云没有什么音乐素养，对外国歌剧一窍不通，只听到男女主角的高亢的歌声，却不会欣赏它的旋律，又听不懂唱的是什么，觉得没啥意思，但是因为是第一次听，而且是斯蒂文请的，便装作很感兴趣的样子，一直安静地坐着听完。

出来之后，斯蒂文请她去一家餐馆用晚餐，庆祝她成为澳大利亚公民。

餐馆不大，却很有情调，看得出有一定档次。斯蒂文点了几样菜，要了瓶法国葡萄酒，两人碰了杯之后，斯蒂文告诉她，今天是他的四十五岁生日。四十五岁？真看不出来。岫云算了一下，大自己二十岁。7月14日，法国的国庆日。岫云明白这个男人喜欢自己，但是会和她结婚吗？四十五岁还是单身，人生一定有很多曲折和故事。岫云自己在恋爱上还是一张白纸，和斯蒂文的交往是第一次和男人约会，她可以说爱上了他。斯蒂文告诉她，他是独生子，父母亲都已去世了。父亲曾经开过纺织厂，年老后厂子给别人经营，死时给他留下一笔遗产，还有一栋房子，他靠这些钱过日子，花到现在。硕士毕业后没有去就业，因此，没有正式职业，钱剩不多了。岫云这才明白，这个看上去很体面的男人原来是无业的闲人。天啊，他居然有闲钱听音乐会、买书、打高尔夫球。在中国人看来，这是个没出息的败家子、纨绔子弟。自己怎么会爱上这么一个人？岫云顿时觉得心潮起伏，有种上当受骗的感觉。

斯蒂文看出岫云的神情有点异样，就自己喝着闷酒。说心里话，他深深地迷上了这个中国姑娘。这个女人有着一种东方女性才有的含蓄和端庄，有种特别的优雅和韵味，他活到了今天，才第一次有要结婚的念头，觉得岫云是上帝送给他来安慰他的礼物，他绝不能错过。

饭后，他送她回家。车子停好，两人一起出来，在一盏路灯下，斯蒂文一把拉过岫云的手，在手背上吻了一下，说："我爱你，嫁给我吧。"

岫云望着斯蒂文的蓝眼睛，那目光是那么炽热，岫云说："我也爱你。"两人就拥抱在了一起。

不久，岫云就搬到了斯蒂文的家里，两人过起了日子。

当斯蒂文发现岫云到二十五岁还是处女的时候，认为这是社会主义中国才有的奇迹。他的第一位女友是大二的女同学，才二十岁就已经不是处女了。后来，他谈过三个女人，也都不是。岫云告诉他，中国有些没有结婚的女人，到死都是处女。斯蒂文说，那一定是又丑又蠢，没有男人爱。岫云说，恰恰相反，大多数是既漂亮又聪明，比如她的姑姑，死的时候三十五岁，美丽聪慧，1954年上海外国语大学毕业的高材生，基督徒。对此，斯蒂文更是觉得无法理解。

"Ein gutes Gewissen ist ein sanftes Ruhekissen."斯蒂文说了句德国谚语，"纯善的良心是柔软的枕头。意思是问心无愧，高枕无忧。"斯蒂文解释道。

岫云发现斯蒂文很会过日子，不但会修车做木工，还会做饭、修草坪。房子是两层楼的，有点旧了，斯蒂文决定重新装修一下，添一些家具和生活用品。没想到装修房子从布电线到粉刷、油漆，斯蒂文全部自己动手。当岫云看着斯蒂文每天忙得汗流满面，双手沾满了油漆的时候，心里不禁泛起阵阵温情，她想，这个丈夫我是找对了。不久，两人上教堂正式结了婚。

和斯蒂文在一起生活，岫云有了种归宿感和依恋，有了家的感觉和温暖。她仍旧到那家书店上班，但是工作的时候，觉得更有劲了。她从小受的教育是"不劳动者不得食，要自食其力"，她知道斯蒂文没有多少钱，但是，他们有爱情。她知道凭着自己的努力，可以把家安顿好，把日子过得有滋有味，因为斯蒂文是个很有品位和情趣、热爱生活、真心爱她的男人。虽然在一般中国人的观念中，男人要有地位、有钱，可是，地位和钱其实是花架子，如果没有爱，都是好看的却不好穿的鞋子。多少中国的家庭其实早就名存实亡，而她和斯蒂文的爱情，却是能够天长地久的。他们都是讲信用的人，而在西方人看来，信用就是金钱。

（四）

他们在教堂里举行了小型简朴的婚礼，她的房东夫妇是证婚人，那位香港女同学也参加了他们的婚礼。香港人不久就要回去了，她们相处半年，彼此印象不错，岫云从她那里还学会了几句粤语。

不久，岫云就怀孕了。怀孕后的岫云妊娠反应很厉害，一吃东西就吐，连喝口水都恶心。医生说这是很少有的，要岫云住院保胎。

岫云在医院里一直住到孩子生下来，这可忙坏了斯蒂文。年近半百的他第一次要当父亲，心里的那股高兴劲就别提了，真是恨不得把天下最好吃好喝的东西买来给岫云。只可惜岫云啥都不能吃，天天吊瓶。他自己一直陪着岫云，直到孩子顺利地生下来。是个可爱的男孩。孩子更多地遗传了中国人的相貌特征，只是鼻子很高，很漂亮。两口子喜得心花怒放，成天笑呵呵的，抱在手里都小心翼翼，生怕弄疼了心肝宝贝。

中国人讲严父慈母，可是到了斯蒂文家则成了慈父严母。斯蒂文不单给孩子换尿布，除了喂奶，所有的杂事都包了。他们没有雇保姆，而是一切自力更生，结果孩子和父亲的关系反而比母亲更为亲密。

孩子三个月后，岫云就去上班了。她是个闲不住的人，按照中国人的说法，是天生的劳碌命，要她成天待在家里不工作，真比杀了她还难受。孩子生下来，多了张吃饭的嘴，她更得努力赚钱。她很会动脑筋，把书店打理得井井有条，不久，老板就给她加了薪，她把钱攒起来，希望给自己买辆车。她还想再生一个孩子,好让孩子有个伴,既能够相互照应、分享快乐,将来在学习上还能够相互竞争。她的丈夫斯蒂文是个独子,有着种种独生子女的缺点,比如社会适应性差,因为他小时候太孤独,缺少兄弟姐妹之间的爱和分享彼此秘密的快乐,因此,虽然他天性善良、智商不低,却没有到社会的大舞台上施展才干的抱负和干劲。她觉得她的孩子不能像他。

孩子一岁的时候,他们全家人回了一趟厦门。斯蒂文对她的父母很有礼貌,对她的姐姐一家也很客气。她见到了星云的男朋友,他们两人决心要到美国留学读博士。她还从行云的口中听到,那个王卫东已经是处长了,他娶了位副市长的千金,将来前途无量。

然而,这一切对她来说都已经是遥远的事了。她已经有了一个可爱的儿子约翰,她还会有一个孩子的。她认为,儿女是一个女人曾经在人世间活过的证据,何况她的儿子遗传了两人最优秀的基因。

回到澳洲不久,她又怀孕了。由于是第二胎,生产得比较轻松。还是一个儿子,斯蒂文高兴得不得了,给他取名大卫。在孩子满月的时候,他特地请来一些亲朋好友,给孩子办了两桌满月酒。岫云这个中国媳妇深受洋人的肯定和欢迎,以致有人动了到中国娶亲的念头。

孩子稍大些,岫云又到附近的一家养老院找了份钟点工。这样一来,她打两份工,而斯蒂文成了地道的家庭妇男。她上午去书店,下午去养老院。她天生人缘好,很有亲和力,深受老年人的欢迎。在照顾老人的时候她忽然想,将来她的父母年迈了,就把他们接到这里来由她照顾。

斯蒂文的本事是能够把平平淡淡的日子过得有声有色。孩子大些了,他就带着全家听音乐会、野外烧烤、游泳打球。岫云则注重抓孩子的学业，要求孩子学钢琴，上小学后一直要求孩子独立完成作业。他们的孩子不但功课好、体育好，品行也好，一直到他们都考上了名牌大学，岫云才发现自己老了。

她带着全家又回了趟厦门。她发现厦门这二十几年发生了翻天覆地的变化，许多马路和街道她都不认识，马路上到处是行人汽车，一派繁华景象。行云女儿都大学毕业了，星云去了美国。父母亲见他们回来格外高兴，只是岫云看到父母亲都老了，走路要靠拐杖了。

行云告诉她王卫东已经是厅长了，老婆孩子都移民到了国外，他成了裸官。"你要不要见见他？"行云问道。

"不必了。"岫云淡淡地说。她想，对故乡来说，她是出岫的云，以天空为家。

钥 匙

(小小说)

我是一座城市的马路清洁工。一天清晨，我正在扫大街的时候，一个流浪汉走了过来和我打招呼，我以为他想向我讨钱，没想到他竟然说："我是邻国的一个国王，来这里旅游迷了路，钱财都花光了，你能借给我一点，帮我在附近找个旅馆住下吗？我的手里有钥匙，这把钥匙是打开我的国家的国玺所在的抽屉的，不信你看。"他伸出他的右手，手掌张开，可我一看，他手里什么也没有，便认为他是个神经病。不过我觉得他看起来挺面善的，也许是在电视里见过？他把右手和我握了握，说来奇怪，我确实感到他的掌心里有钥匙的形状。

于是，我告诉他：我家附近有家旅店可住，没有钱的话我可以借给他。他就和我一起往我家相反的方向走，我把他带到一个偏僻的小巷子里，要他交出钥匙，他不肯，我就用随身带着的水果刀结果了他。

就在我的水果刀刺进他心脏的瞬间，喷出的血中有个钥匙形状的东西，那东西一闪就不见了，我的心里"咯噔"了一下，心想不好。

我把他的右手掌挖了个洞，可是并没有找到钥匙。我忙到附近的厕所里洗掉了身上的血迹，马上回到原来的地方继续扫地。还好，这时街上还没有行人。

可是，不久我就因杀人罪被捕，并且说我杀死了邻国的前国王。

秋风萧瑟

(小小说)

我家住在面街的一排新公寓大楼里。大楼和大街之间的空地摆着一溜地摊,有卖包的、卖鞋的、卖小工艺品小玩具的,当然也有卖衣服鞋帽的,共有一百多摊位呢。

地摊上的衣服多在一百元内,贵些的就进店里了。我在附近一家书店当店员,是月光族加上啃老族。我是九零后的大专毕业生,和父母住,当然还没有交男朋友。

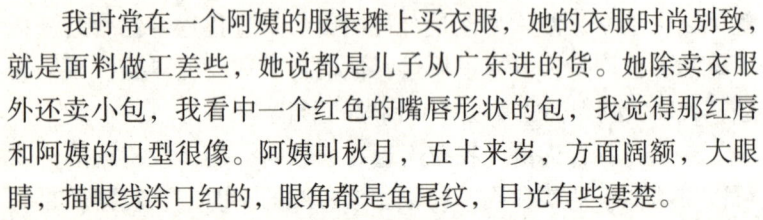

我时常在一个阿姨的服装摊上买衣服,她的衣服时尚别致,就是面料做工差些,她说都是儿子从广东进的货。她除卖衣服外还卖小包,我看中一个红色的嘴唇形状的包,我觉得那红唇和阿姨的口型很像。阿姨叫秋月,五十来岁,方面阔额,大眼睛,描眼线涂口红的,眼角都是鱼尾纹,目光有些凄楚。

我有次把架子上一件衣服拉链卡在了布上,不小心把布拉破了,我感到很过意不去,想赔她钱,她说不用,就和她多聊了几句。

她是东北来的,原来是沈阳一家国企的工人,20世纪90年代初就下岗了,孩子他爸和她离了婚,儿子初中毕业就出来打工。做服装生意有七八年了,她来厦门摆摊也五年了,在这里摆摊两年,生意还不错。

这些地摊每个月要应付城管、应付卫生大检查,因此常会歇个三五天,搞得像游击队。秋月高大粗壮,一大捆一大捆的货她都背得起放得下,人也热情精明,因此附近不少大学生买她的货。

　　这样的日子又过了两年。今年春天,摆摊的地方种上了树木花草,围起了篱笆,我就好久没看到秋月了。没想到一天下班回来在原来的地方又看到了她,她把一排衣服挂在了大楼内的走廊上卖。我朝她点点头,算是打过招呼。

　　第二天中午,我上街坐公交回来,可是公交在大街上堵住了。我从车里望出去,见十几个城管围着秋月,边上还有警车,秋月一个劲地挣扎着城管的拖拽,而在不远的大街上仰面躺着个二十来岁的小伙子,躺成一个"大"字,我猜可能是她儿子。车上的人开始不耐烦,我正要下车,忽然一辆小轿车朝着小伙子摊开的手臂碾了过去。

　　随着一声惨叫,秋月扑到了她儿子身上。这下可是出人命的事,肇事司机被城管包围了,我看着城管把秋月和她儿子抬上了车,就回家了。

　　转眼到了秋天,家门口的绿化带上的树都活了。一天,我在等车的时候意外地看到了秋月,边上是她那断了支胳膊的儿子。短短几个月,秋月仿佛苍老了十几岁,头发白了一大片,曾经的红唇和眼线都不见了。她不再摆摊,好像是在讨钱。我的心"咯噔"了一下,眼睛模糊了。

　　秋风萧瑟。

　　我忙把钱包里所有的钱拿了出来递给秋月,匆匆地挤上了公交。泪水顺着我的脸颊流了下来,我一个劲地用手抹着、抹着。

命运所赠送的礼物

（小小说）

我是一名专职太太，两个孩子都上高中了，在学校住宿。我丈夫是做生意的，常年不在家。我今年四十五岁，由于保养得好，看起来才三十左右，算得上资深美女。

只是我每天一个人在家，住着双层复式的大楼房，每天对着空荡荡的房间，除了一只狗贝贝之外，不见活物，实在闷得慌。

好在我是个能够跟上时代的人。最近我迷上了网购。在淘宝上买东西，还送货上门，真是方便极了。每天食指在手机上划过，然后一点，购买，简直就像皇帝批阅奏章似的，这感觉可真是好极了。于是我更加足不出户，天天宅在家里收货。

就这样，我认识了其中的一个快递员潘真。

潘真今年二十三岁，高中没毕业，浙江人，来厦门五年了。有次我发现买的三角架子尺寸不对，和网店客服说了要退货。我只好清小潘等着，在货物上按照要求写上了旺旺名、退货理由等等，请他按原址退回。就这样，我和小潘熟了起来。

潘真每次送货来，会在门上敲两下，然后按门铃。这和别的快递不同。他黑瘦，个子高，大眼睛，看上去很机灵。我在网上买了盏古典式落地灯，有两个玻璃花灯罩，上面还缀着流苏，要1000元。我非常担心运货时灯罩的安全，货到那天，我特意在家里等着，没有去做美容。

又是潘真送货。我请他进屋，打开箱子，看到货物完好无损,心里顿时松了口气。

我请潘真帮我把灯装起来,他说正好没事了,可以,就三下五除二地装好了。我请他帮我拿到楼上的卧室放好。趁着我递毛巾给他擦汗的当口,他一把抱住我,把我压在了床上。

有了这一次后,我们之间的关系成了情人。他每次来,我们都要缠绵一番。我觉得自己又回到了初恋的时光,成天沉醉在幸福之中,常常边洗澡边唱歌。人生短暂,能够抓住青春的尾巴及时行乐,才不虚度此生。我觉得潘真是真心爱上了我,他对我的温存和体贴可是绝对在我老公之上的。我觉得他是命运所赠送给我的礼物,尽管我大他二十岁,可是只要他愿意,我会毫不犹豫地跟他走的。

不久,我发现自己怀孕了,潘真知道之后就再也没有出现过。打他的手机,发现换号了。他八成是辞去了工作,干别的去了。这下可怎么好?我一个人在厦门,没有其他的亲戚朋友,要是让老公孩子知道了可怎么办?

思前想后,只好自己去医院把孩子做了。还是个男孩,我心里觉得像被刀割了似的。

"所有命运赠送的礼物,暗中都标着它的价格。"我泪眼模糊地打量着医疗单上的价格,觉得自己忽然老了几十岁。

散 文

您人性的光辉照耀了我

我的父亲石之琅 1942 年毕业于浙江大学师范类的理化系，由于那时抗战，师范类学生和非师范的同学一起上课，因此，他的老师可以说是当时最优秀的。王淦昌老师就是其中之一，也是父亲一生中最为崇拜和敬仰的人。

王淦昌 27 岁获得德国物理学博士学位，在浙江大学任教授时年轻英俊，不但学识渊博，而且性格天真、诚恳、活泼，深受学生爱戴，还有"Baby Professor"的昵称。他一辈子对国家对人有一颗赤子之心，从没有名教授的架子。他幼年时父母双亡，由姨妈抚养，一辈子重义轻利。他幼年时期读私塾，是《论语》《孟子》《大学》《中庸》给予了他一辈子的家国情怀和精神原动力。抗战时期，他的生活并不宽裕，可是，学生生病，经济有困难，他都能给予经济支持，还把家里结婚时的金首饰捐献给国家。他对物理学引人注目的贡献之一，是在 1941 年提出的验证中微子存在的实验方案。当时正值抗战时期，他随浙江大学理学院进行"文军"长征，经过五次搬迁，最后到达贵州山区，在遵义和湄潭的小破庙里落脚，在极为简陋的条件下，坚持教学和科研。由于那时在国内不可能有必要的实验设备，所以他只好把他关于验证中微子存在的实验方案写成论文寄往美国《物理评论》。此文发表后，立即有人据此进行实验，成为 1942 年国际物理学重要成就之一。他每次出国做研究，带回来的都是国家需要的实验仪器和资料，从没有给自己买什么"几大件"。他到老年时荣获国家自然科学一等奖，3000元奖金全部捐给原子能所职工子弟中学作奖学金。

作为两弹主帅的他，在青海高原基地上住了8年，在海拔3300米的高原上，年近六旬的他，有时背着氧气袋上班。高原冬天很冷，开水煮不开，馒头蒸不熟，由于他和妻子两地分居，年逾花甲的他自己动手洗衣服。核试验有放射性，他总是要求安全第一，而且身先士卒，坚持和大家在第一线工作。他把防护口罩改为一次性，有的同志向他提出，多吃辐射剂量者，保健措施应有所改善，王老答应了这个请求，向党委建议解决，结果后来在"清理阶级队伍"的运动中，王老被扣上"活命哲学""扰乱军心"的大帽子批判。

图左一为厦大物理系黄献烈教授，左二为王淦昌，左三为家父，左四为厦大物理系教授叶壬癸

1978年，王老调回北京后，全家老小三代五口挤住在两间二十五平方的小房子里。就是身居高位，平时因私事打电报、发信他都自己付款，不许秘书"公私不分"；有专车，但规定家人不许随便私用。他一辈子是实干家，不说假话空话，对科学，锲而不舍，对人生，有着一种执着和天真。比如，翻译《爱因斯坦文集》的许良英是他的学生（我父亲同学），因被打成右派后回浙江老家务农，有段时间一家人没有生活来源，王老知道后，用王京的化名寄钱给他，支持他的工作和生活，使许良英在粉碎"四人帮"后能够拿出几大本的翻译成果。

　　他曾经三次和诺贝尔物理学奖擦肩而过，这不能不说是他的一大遗憾，然而，祖国和人民永远铭记他的光荣。

　　我想，王淦昌堪称科学家的一面旗帜，是他的人性的光辉照耀着我，让我一辈子敬仰他，并且为父亲在大学时代能够有这样一位老师感到非常幸运！

国之柱石程开甲

2013年的国家最高科学技术奖颁给了两弹元勋之一的著名物理学家程开甲。当我从中央台的新闻联播里看到九十六岁高龄的程开甲先生从习近平主席手中接过获奖证书的时候,我的眼眶湿润了。

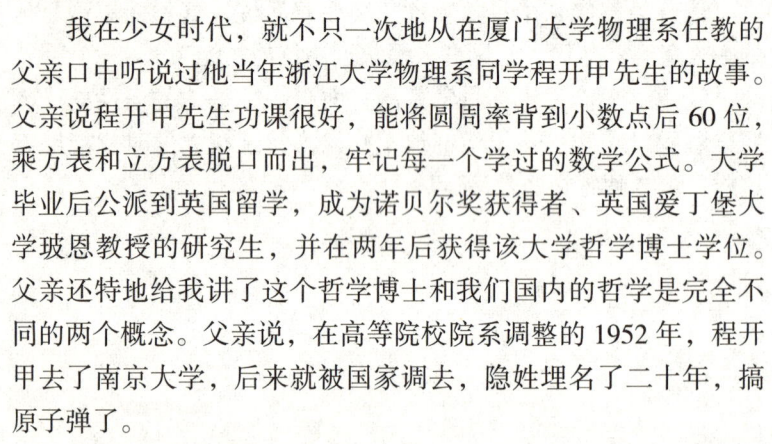

我在少女时代,就不只一次地从在厦门大学物理系任教的父亲口中听说过他当年浙江大学物理系同学程开甲先生的故事。父亲说程开甲先生功课很好,能将圆周率背到小数点后60位,乘方表和立方表脱口而出,牢记每一个学过的数学公式。大学毕业后公派到英国留学,成为诺贝尔奖获得者、英国爱丁堡大学玻恩教授的研究生,并在两年后获得该大学哲学博士学位。父亲还特地给我讲了这个哲学博士和我们国内的哲学是完全不同的两个概念。父亲说,在高等院校院系调整的1952年,程开甲去了南京大学,后来就被国家调去,隐姓埋名了二十年,搞原子弹了。

没想到到了改革开放之后,在1981年,程开甲先生和夫人耀珊女士到厦门鼓浪屿疗养,他们特地上我家来,看望我父亲。我那时在集美师专上学,没有见到他们,但是父亲告诉我,他们是国家的柱石,国家的栋梁。当年搞原子弹,他们把家安在青海的荒漠,住帐篷,别说少水,那种野蚊子非常凶,会叮死人的。由于长期紧张超负荷的工作,程开甲先生有时脑子会短暂失忆,夫人耀珊心疼他,悉心照料,总算没啥大碍。程开甲先生和夫人的婚姻是父母包办的,他们一辈子很不容易。夫人非常善良贤惠,勤劳能干,在高原上做饭都很不容易啊。程先生夫妇和父亲在厦门大学的大礼堂旁合了影,程开甲先生特地在照片背后题写"之琅兄留念开甲、耀珊于鼓浪屿。六月二十日"。

更没想到的是,在我家从大南搬到了新西村后,有一天我父母都不在家,我一人在家里看书,程开甲先生一人来敲门,我去应门,只见他手里拿了一盒蜂王浆要我转交给我父亲,他看我的眼光非常和蔼慈祥,我请他进门来坐,他忙说不用了,就转身下了楼梯。我望着他的背影,想他连口水都没进来喝,心里感到很愧疚。我父母那时身体都不好,常要住院,也许他听说了,特地上门来看望的。

从现在媒体公布的资料看,程开甲在1944年完成了题为《弱相互作用需要205个质子质量的介子》的论文,英国学者李约瑟亲自对其修改送狄拉克,狄拉克的"目前基本粒子太多,不再需要更多的新粒子,更不需要重介子"的回信使文章终未

左图左一为程开甲夫人耀珊,左二为程开甲,左三为家父;右图左为程开甲,右为家父

发表，这也成为一件憾事，因为以后外国人一个重要实验获得了 1979 年度诺贝尔奖，其测得的新粒子质量与程开甲当年的计算值基本一致。可以说第一个中国的诺贝尔奖与程开甲先生失之交臂，这可能因和当时中国国际地位很低，外国人看不起我们科学家有关系。

　　虽然我只见过程先生这一面，然而他却让我牢记终生。他个子不高，讲话一口吴语，穿着一件极其普通的白衬衫，布鞋，那时已有七十几岁，是一位非常可敬可亲的人。可我那时很内向，不善言辞，而且不会跟人交流与沟通，是个地道的书呆子，完全不懂人情世故，因此没有和他多交谈。他因为是科学家，生活非常严谨低调，于是没有和我搭上话，为此，我常感内疚。

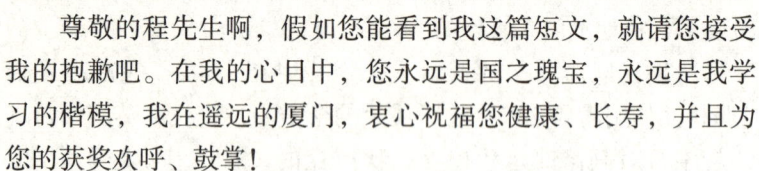

　　尊敬的程先生啊，假如您能看到我这篇短文，就请您接受我的抱歉吧。在我的心目中，您永远是国之瑰宝，永远是我学习的楷模，我在遥远的厦门，衷心祝福您健康、长寿，并且为您的获奖欢呼、鼓掌！

父亲的导师何增禄教授及学友邹国兴教授

这张照片摄于20世纪70年代末的清华园教授宿舍。照片里的年长者是父亲的导师何增禄先生,右边是何师母,后排右一是父亲的学友邹国兴教授,左边是我父亲。

小时候听母亲说过,父亲原来在浙江大学物理系时的导师是何增禄教授,父亲在厦大物理系的真空实验做得好,是得益于早年他在浙大时的这位导师。何先生是浙江诸暨人,早年留学美国,抗战期间和王淦昌先生一起在浙江大学物理系任教,当过浙大物理系主任,在物理学研究和教学上有重大贡献。因发明7喷嘴水银扩散泵,研究高真空理论而闻名。首次提出"抽速系数"的概念,被学界称为何氏系数。创办了浙

江大学光学仪器系和清华大学工程物理系高真空技术专业。

厦大在1981年以前是位于海防前线的大学，交通不便，信息闭塞。我父亲在此前仅有两三次去北京出差的机会。这张照片是摄于何先生去世前不久，因此非常珍贵。照片中的邹国兴先生在20世纪60年代中期从西德回国，在北大物理系翻译支援柬埔寨的小学课本，一家三口住筒子楼，没有厨卫，每天要自己到开水房打开水，全家靠他一个月100元工资生活，谁都想不到他是一个20世纪60年代初就享誉欧美物理学界的物理学家。在这次和我父亲见面不久，他去打开水晕倒在开水房，他得的是胃出血，却被当成心脏病抢救，不久就离开了人世。

父亲在去世前一年，在照片的背面标上了"1980年5月去京与何增禄先生及邹国兴的合影"。我这才知道这位老人是父亲的导师，但是何教授在1979年5月去世了，可见父亲记错了时间。

父亲晚年的挚友厉则治教授

父亲大厉则治叔叔9岁，因为原来是浙大的教师，我父亲是物理系，厉叔叔是数学系，都是1952年院系调整时来厦大的，又都是浙江人，因此，我家在20世纪80年代初搬到西村后和厉叔叔一家来往密切。父亲那时已有轻度老年痴呆，厉叔叔则身体很好，思维敏捷，热情直爽，一直叫我父亲为石公。他们家原来也住西村，后来搬到校内的敬贤。每天晚饭后，厉叔叔都来我家等我父亲，两人一起散步，逛校园一圈，天天如此，十几年如一日。因此，父亲在晚年有他做伴，实在是件幸事。

父亲曾开玩笑地对我说："奇怪，他怎么叫这么个名字？厉则治，法西斯嘛。"听父母亲说厉叔叔年轻时命运非常坎坷。他在20世纪50年代中后期被打成"历史反革命"，在厦大大礼堂开了全校的批斗会后，被遣送到永定劳改，在那里20几年，干体力活，教中小学。他孤身一人大半辈子，直到粉碎"四人帮"平反回来后才成了家，一辈子没有自己的亲生儿女。他是浙江东阳人，是家里的独子，一个妹妹是领养的。因此，命运对他来说未免太残酷了。

厉叔叔回到厦大之后很快在数学界站立了起来，1985年晋升正教授。1986年和1988年，他分别解决了美国数学家Taylor，阿根廷数学家Samur提出的猜想，在概率论和实分析方面有很高的学术造诣，成果卓著，深得国内外学术界赞扬。

1985 至 1986 年获得福建省科学优秀论文奖。他一直在教学第一线工作,多次获得优秀教学奖。他有个学生找不到工作,厉叔叔亲自写信向有关单位和人员推荐,后来这个学生炒股票发了,为了报答厉叔叔,在厉则治教授去世后,特地捐钱给厦大设立厉则治奖学金。

人们常说人的成功要有智商、情商,其实还有更重要的一条是逆商,也就是在逆境之中能够不屈不挠,和命运进行抗争。厉叔叔可以说是这三个商都很高的人,因此,他的命运在后来有了大的转机,能够做出很多人难以做出的成绩,应该说是一个奇迹。正是他的这种顽强地和命运抗争的精神激励着我、鼓舞着我,使我在挫折面前不气馁,在命运的打击下不放弃文学写作。

浙江东阳是全国闻名的教授之乡,在几百个籍贯东阳的教授里,厉则治叔叔是最令我钦佩的一位。我永远感激他对我父亲兄弟般的情谊,对我学习上的鼓励。

图左为厉则治教授,右为家父石之琅

试上超然台上看

——记厦大文科资深教授胡培兆伉俪

在美丽的厦大校园里,有一位满头白发仍然埋首于学问的教授,他衣着朴素,为人行事极其低调,77岁了还带博士生,他,就是厦大著名的经济学家胡培兆先生。

我和胡先生只见过几面,但因为他夫人是我父亲的同事和好友,因此,早在我青年时代,就已久闻他的大名。我在1995年曾经轻生过,住过医院,没想到出院不久,胡教授亲自来到我的家里探望我。他关切地问我平时写些什么?在哪里发表过?我那年三十三岁,胡先生大约五十来岁,言谈之间感觉他有种江南才子特有的灵秀。我告诉他写短篇小说,有在《福建文学》发表过,去上海复旦大学读过作家班。我那时并不知道他是研究《资本论》的著名专家王亚南校长的得意门生,20世纪50年代曾保送到复旦大学读过研究生,算起来我们还是校友。他想看我的作品,但我觉得不好给老一辈的严谨的学者看我自怜自恋的文字,因此没有拿给他看。不过我感觉他对文学感兴趣,而且第一次知道了他和夫人黄福仙女士都是浙江金华人,我知道金华是文人荟萃之地,南宋时著名女诗人李清照曾经在那里生活过多年。我想可能是宋词雅韵的滋养,使得先生在埋头研究枯燥的《资本论》的时候能够独辟蹊径,道出人所不能道的中国风味。

胡先生"文化大革命"时期曾回老家金华教过五六年中学语文，恢复高考后的1977年回到厦大经济系任教，他获得过我国经济学的最高奖——孙冶方经济学奖。他的夫人黄福仙女士毕业于杭州大学物理系，和他一起回厦大后成了我父亲的同事和好友。黄老师热情善良，我父亲晚年有老年痴呆，有些事情记不清楚，黄老师能够帮忙的总是尽力相助，对此我父母亲心存感激，曾经和我多次提起。特别是我的父母亲去世多年后，黄老师路上碰到我，都能热情地询问我的工作和生活，逢年过节都会拿些点心、水果给我，就像我的亲阿姨一样。

我在2009年春末旧房回迁入住到新的大房子，黄老师亲自来到我家看望我，还高兴地告诉我她家也要搬到北村，以后我们就住得近了。

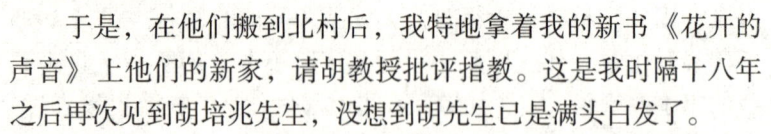

于是，在他们搬到北村后，我特地拿着我的新书《花开的声音》上他们的新家，请胡教授批评指教。这是我时隔十八年之后再次见到胡培兆先生，没想到胡先生已是满头白发了。

"春未老，风细柳斜斜。试上超然台上看，半壕春水一城花，烟雨暗千家。寒食后，酒醒却咨嗟。休对故人思故国，且将新火试新茶，诗酒趁年华。"苏轼的这首《望江南·超然台作》一直是我的最爱。苏东坡曾在《超然台记》中说："彼游于物之内，而不游于物之外"，则"物有以盖之矣"，"物非有大小，自其内而观之，未有不高且大者也"。这就是说，如果不能超然物外，就必然要被外物所拘役。我想，一辈子研究经济学的著名经济学家胡培兆先生，对此最有体会。在复旦大学的校园里，就有一个超然台，上面有著名数学家苏步青的题字："超然此地一亭台，漫漫卿云复旦来……"一位资深教授，能够一辈子低调做人，孜孜不倦地做学问，这本身就是一种超然台的精神。他就像苏东坡那样，不仅不身为物役，反而把外物当作了一种丰富和提高自己内在生命的自我发展的手段。

教育天地的大舞台

20 世纪 80 年代，我在厦门六中教务处工作，和教政治的倪桂芳老师有缘结识了。她是上海人，1954 年的厦门大学历史系学生，而我母亲刘瑛是 1955 届历史系毕业生，由于当时女生很少，因此认识倪老师。记得母亲说倪老师会唱京剧，唱老生的，和她的爱人胡维弘先生就是因为京剧相识相恋，成了家。那时，他们家就在我家附近，是新西村 16 号 403 室。正好我和她的大女儿胡亦群同龄，又是中学的校友，很早就认识，因此，我常上他们家玩。

令我羡慕的是他们家庭里的爱的氛围。他们家里家具都很简陋，胡维弘老师那时是生物系的讲师，一家四口人住三间房，大约五十几平方，然而，我深深地感受到了他们家的温馨与和谐。胡老师和我说，他们家的经济平等，钱都放在抽屉里，谁要用就去拿。那时，倪老师的母亲有时也住在那里。

我在六中时中午在学校的食堂吃饭，住宿舍午休，和倪老师住隔壁几间。倪老师教学很负责，人缘好，加上她的二女儿献民和她一起住，因此我喜欢和她们聊天。

生活中的倪老师具有沉稳干练、波澜不惊的气质，这种气质很适合教政治。当时我国的政治课教材是最多变的，而倪老师作为教研组长、年段长等，要经常组织老师备课，每周要带学生参加升旗仪式等。我想，正是京剧老生里那种从容镇定、忧国忧民的特定的角色气质影响了倪老师一生，使得她能够在频繁的政治运动中平安地躲过一次又一次的风险，并且始终保持着一个有良知的知识分子的善良。

著名评论家谢有顺曾说:"中国是一个没有终极意义上的宗教传统的国家,文化才是中国人的宗教。"倪老师是1958年大学毕业分配在六中的,当时的六中只有初中,几座简陋的平房就是教室,学生一直都是第八菜市场附近的孩子。就是在这样的环境里,倪老师一辈子兢兢业业、勤勤恳恳、任劳任怨,我想,她的精神动力的源泉就是来自传统京剧,京剧里的老生戏常唱的有《将相和》《苏武牧羊》《定军山》《四郎探母》等等,无形中给了听众爱国主义教育,家国情怀、天理伦常尽在其中,教育和感染了几百年来的中国人,而演员们在演唱它们的同时也受到了深刻的熏陶,从而在生活里打下了深深的印记。而因为京剧和胡老师结缘成家无疑又是使她的精神面貌更加焕发的原因。因为爱情对于一个女人来说,就是事业上的相互支持,生活中的相互依存和关爱。而正是这种深深的爱情带来的默契,使得他们在退休之后,能够无私地捐助贫困家庭的孩子们,让他们学有所成。

摆在我面前的是两张荣誉证书。一张上写"厦门六中退休教师倪桂芳同志及其家庭踊跃为漳平市新桥镇石狮知青奖学奖教基金捐款三千元。特发此证,以志纪念。漳平市新桥镇石狮知青奖学奖教基金会。2005年2月16日";另一张是"厦门六中退休教师倪桂芳同志及其家庭慷慨为漳平市新桥镇石码村修建公路捐款贰仟元。特发此证,以志纪念。漳平市新桥镇人民政府。2005年2月16日"

倪桂芳老师和我聊起了她和胡维弘老师当年下放的地方——漳平县新桥公社。

1970年,厦门大学生物系教师胡维弘作为第一批下放干部,下放到了漳平县新桥公社。倪桂芳老师心想,自己是外地人,带着两个年幼的女儿在厦门不方便,就申请同行(当时中学还

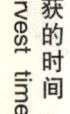

未开始动员下放）。到了当地不久，胡老师到义宅大队"一打三反"，倪老师和女儿在石码大队，起初干农活，后来因为民办教师辞职，队里小学无人上课，大队支书叫她"勇挑重担"，当起了"孩子王"，一个人在一间教室同时教五个年级的孩子，当时叫"复式教学"。还教京剧"样板戏"，教体育。当时的农村没有电灯，孩子们都是就着煤油灯写作业。到了1971年，胡维弘老师接到调令，回厦门大学了，可是，到1972年倪老师还留在当地，因为厦门市教育局还没有调令要调中学教师回厦。"九一三"事件后，倪老师从大队到县里开会，胡老师特地从厦门赶到漳平，打算一家过个团圆年。谁料会后公社副书记对倪老师说："你别走，要调你到漳平三中教书。"于是，倪老师含着眼泪看着自己的丈夫独自上了火车，又带着两个幼小的女儿回到了新桥，到三中教起了语文，并且当班主任。

1970年下放在漳平新桥的石狮知青有不少，都是十五至十七岁左右的学生，他们在本该上学的年代中断了学业，因此，对知识非常饥渴，倪老师就经常借书给他们看，胡老师还和他们中的几个交上了朋友。有一位叫何可可的男生一辈子是胡老师的"粉丝"，他后来去美国读了航空学博士，在胡老师临终前还特地从香港赶到胡老师的病床前……。有一位吴光育先生后来成为石狮著名企业家，由他发起成立新桥奖教奖学金，这就是上面的荣誉证书之一的由来。当时倪老师退休金才几百块，因此这笔钱可是不小的数目。在大家的努力下，新桥镇非常重视教育，重视培育自己的"造血功能"。到2006年为止，新桥已有一千三百多位大学生、二十八位硕士和两位博士了。

著名作家周国平说："人生是一个不断积累自己的精神财富的过程。"我觉得这句话用在胡维弘老师的一生非常合适。

胡维弘老师是上海人，八岁时家里有个手摇留声机，天资聪颖的他就靠这台留声机自学了京剧，不但学会了文场武场，老生小生皆懂，而且还无师自通地学会了敲拉弹等伴奏。因此，晚年的他常称自己是"留学生"——留声机的学生。

胡维弘老师毕业于华东师大生物系，1952年来到厦门大学教书。他先是教工农预科班，教过高等数学等课，后来到生物系任教。正是京剧这个爱好给他和倪桂芳老师做了媒，每次厦大的文艺演出，他们一个拉一个唱，终于成其好事，并且一辈子相亲相爱。

胡维弘老师正直、豁达，对教学认真负责。刚刚改革开放的时候，他自告奋勇在系里开课，教年轻人英语。后来，他先后两次到美国洛杉矶加州大学开展免疫生物学研究，并且在1989年编著出版了当时国内第一批的《免疫生物学》教材，该书被我国多所重点大学和医学院校使用，深受好评。他主持参加了多项国家级、省级科研课题，用严谨、科学的证据，证明了各类茶叶在肿瘤预防和治疗中的作用。他多次获得优秀教学奖，堪称"桃李满天下"。尽管他一辈子只是副教授，但生性乐观、幽默的他从不为自己的名利斤斤计较，而是多次和倪老师一起，匿名赞助家庭困难的学生。他们资助的第一个学生是新疆维吾尔族小学生肉孜·纳斯尔。

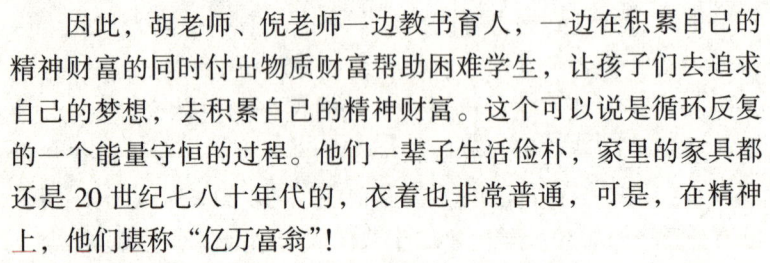

因此，胡老师、倪老师一边教书育人，一边在积累自己的精神财富的同时付出物质财富帮助困难学生，让孩子们去追求自己的梦想，去积累自己的精神财富。这个可以说是循环反复的一个能量守恒的过程。他们一辈子生活俭朴，家里的家具都还是20世纪七八十年代的，衣着也非常普通，可是，在精神上，他们堪称"亿万富翁"！

胡老师六十岁时从生物系退休，此后返聘三年，筹建"免疫学实验室"，亲自挂牌。为了弘扬京剧国粹，退休后他向校教务处打报告，主动要求开设"京剧学习与欣赏"选修课。学校同意了，于是从1999起连续九年给学生上课，每年上半年开一次，是个一学期的课程。他每次课前半小时就来给学生拉琴练唱。课程采取几种形式：一是以讲座方式介绍基本知识，主题包括为什么要了解京剧，京剧的发展简史，京剧的艺术特点，京剧的程式（请戏校的朋友客座），讲字韵与唱念，音乐舞美化妆简介以及行当与流派。每个题目按其详略讲一至三次不等。二是放光盘式录像带，看精选的代表性优秀剧目，实际感受京剧之美妙与博大精深。三是学唱（要学的唱段给录音带，要求学生复制）。课程结束时，以每人交一篇书面心得报告及当堂清唱一番作为考核。心得报告可做摘要交流发言。

通过学习，不少学生表示，从原来对京剧的混沌隔阂状态，转为与其终生结缘。有为数不多的学生相当投入，组织了社团"京剧协会"，业余抽时间学拉学唱练嗓，还学武场打击乐。胡老师总是尽心尽力地对他们加以辅导，凡有行家朋友来厦，则尽可能请来相助传授辅导。

功夫不负苦心人。在2005年10月"文华杯"第四届全国高校京剧演唱研讨会上，丁磊同学获得二等奖；在2009年8月第七届全国高校京剧演唱研讨会上，张琦同学获二等奖；在2010年重庆的演唱会上，李金洋、高峰获三等奖。

2006年，胡老师还把京剧选修课开进了集美大学、厦门理工学院，并且开进了华悦学校，开进了小学。他称自己一辈子得了"戏癌"。他对高校京剧普及的功绩引起了退休的朱镕基的关注，当朱镕基来厦门时，在京剧票友协会组织下，在厦门市文化艺术中心，由朱镕基拉京胡，胡维弘老师献唱了一段。

2013年10月9日，胡维弘老师因病医治无效，走完了他乐观、坦诚、奉献的一生，享年83岁。

我想胡老师在天堂里，一定还唱着京剧吧！老生的唱腔中总有股苍凉。

南国的嘉树

——聂茂其人其文

中秋刚过，台风"天兔"来袭。我在书斋里翻读着老同学聂茂的散文集《虹——多棱镜下的新西兰》，仿佛看到他正当空舞动着"赤橙黄绿青蓝紫"的彩练向我微笑，还是20几年前那个高中生模样的小男生，那个瘦瘦小小一口衡阳口音的普通话的湖南人。有关聂茂的记忆韧带从我的心底冒出来，我真想大声地问一声：老同学，久违了，你还好吗？

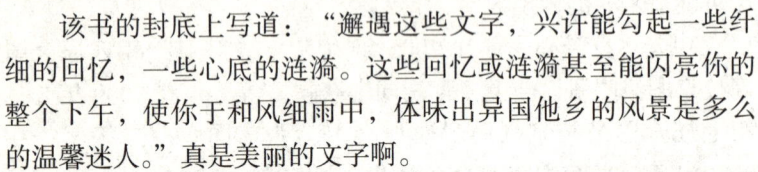

该书的封底上写道："邂逅这些文字，兴许能勾起一些纤细的回忆，一些心底的涟漪。这些回忆或涟漪甚至能闪亮你的整个下午，使你于和风细雨中，体味出异国他乡的风景是多么的温馨迷人。"真是美丽的文字啊。

曾记否，复旦作家班当年的才子才女们风流云散，从不听课的你，考上了湘潭大学的文学硕士研究生，毕业后在《湖南日报》成了名记者。我原以为以你的勤奋刻苦和执着顽强会一直干下去，成为中国最好的记者，没想到不久后你打来长途电话，告诉我你将辞掉令人羡慕的工作，毅然决然地赴新西兰留学，寓居在距奥克兰一个半小时车程的汉密尔顿市，在怀卡托大学读文学博士。你在那里一待就是四年半。我真难以想象当年你那一口浓重湘音的英文老外怎么听得懂？可是，正像你书中说的：新西兰是一个生长白云、生长梦想的地方，也是一个

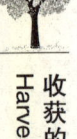

可以安放灵魂的地方。你在那里成为著名的作家，这本《虹》就是你心血的结晶。你写得那么清丽，那么美好，那么温馨，有不少篇文章曾经在《读者》《青年文摘》上发表，感动过千千万万的年轻人，我也是被你的文字深深地打动过的读者中的一个。

我始终认为，你是复旦大学作家班的同学里最有才华的一位。你在书中写道："我写这些作品的时候，是忙碌中的小憩，是紧张中的抚慰，是前行中的回眸，它颇有一种江南雨季里在深巷的石板路上走过所发出的清脆悦耳的响声的感觉。我喜欢这种响声，它能勾起我遥远的回忆，它能开启我未来的人生。"在你的三十几部著作里，这本书是你自己最喜欢的著作之一，我想，那是因为你把自己的青春和梦想、浪漫和才气都泼洒在书里的缘故。在农村土生土长的你，经历了几年的都市生活，当新的诱惑招手的时候，你毫不犹豫，带着发光的梦想远渡重洋，几年后，你学成归国，梦想成真。其实当年在复旦的时候我读你的成名作《九重水稻》，就明白你这个农民的儿子，以毛泽东的同乡为骄傲的湖南人一辈子都不会离开湖南，不会离开你的故土，因为，那是你生命的根。

你一回国到北京，先去了中央电视台，后又去了国家民委下属的民族出版社。从一位在京的老同学那里，你要到了我的电话，我记得那是 2003 年冬天的晚上，因为前一天晚上我家刚失窃，我意外地接到你来自北京的长途，孤苦无助的我，觉得你就是上天派来帮助我、安慰我的亲人。我想我们都二十二年不见了，你还能想到我，还能安慰我，这是怎样的一种情义，怎样的一种缘分啊。

在北京打拼了一年左右后，2004 年年初，你又回到湖南，回到省会长沙，回到生育你养育你的故土，在湖南日报社重操

散文

旧业，当了几个月的记者后，便被教育部首批985和211工程的重点大学——中南大学以高端人才引进，并直接从中级职称晋级为教授，成为该校文学院的学科带头人，你华丽转身，在三尺讲台更加如鱼得水。从农村到城市再到国外，从记者到作家再到学者，每一次前进，每一次转身，你走得踏实，干得出色。你开通了自己的网站，在上面发表许多学生的习作。我想，你是一个注重课堂教学实践的人，新闻记者生涯使你更注重学生的写作练习和课堂气氛的营造，更加注重和学生的互动交流，古人云："教学相长。"果然，你在教学生涯里不但收获了学问，也收获了新的成功，在《文艺报》《中国青年报》和凤凰卫视等强势媒体中，我不断得到你的好消息，我为你感到骄傲。

"青苔满地初晴后，绿树无人昼梦余。唯有南风旧相识，径开门户又翻书。"（宋刘攽《新晴》）当我翻读着自己的新书《花开的声音》，品读着你给这本书写的长篇序言《文学的力量》，品读着你的优美散文集《虹：多棱镜下的新西兰》，二十几年的时光，恍然如梦。你的执着，你的努力，让我感受到文学的力量，也让我看到了新西兰的美好。

我想，世界上不老的是你的文字，是你的情怀。在我的心目中，你就像那南国的嘉树，质朴而从容，根深而叶茂。"独立不迁，岂不可喜兮。深固难徙，廓其无求兮。苏世独立，横而不流兮。闭心自慎，终不失过兮。秉德无私，参天地兮。"（摘自屈原《橘颂》）我相信，在多雨的南方，在诗意的故土，以你的勤奋、聪明和努力，你必将会有更多的精彩绽放，你必定会有更持久的荣光显现。我会一直关注你，祝福你！

福星高照好运来

　　我生长在福建的海滨城市厦门，一直是全国最美丽的大学——厦门大学的一员。我的母亲刘瑛是福州人，原来是长乐的小学教员，新中国成立后的第二年考上了厦大。我唯一的舅舅刘诗宝新中国成立前是中共地下党，毕业于马尾船政学堂的中专。"文化大革命"动乱时期厦大武斗，妈妈带着我到福州仓山程埔头的舅舅家避难。我那时五岁，刚记事不久，记得舅舅家里两层楼，门前不远有个池塘。我在那里住了半年。有一次母亲带我去城里洗温泉，那池子蛮大的，温泉水有浮力，人泡在里面会飘浮起来，我起先有点怕，后来就故意站起又坐下让水浮飘，感到惬意极了。这是福州给我的最初的印象。

　　由于从小是外婆带大的，我能讲一口流利的福州话。我想福州就是有福之州，尽管我的籍贯是浙江新昌，但是我不会说老家话，三十岁前没有回去过，因此，我心里一直认同福州，认为福州是老家，石兆佳就是福到家。

　　中学时有个同班的男同学也是厦大的教职工子女，父母都是福州人，姓林，我后来知道他是林则徐的后裔。1983年我家搬到了新西村20号楼201室，楼上301室住的是中文系教授郑朝宗，他是福州人，其父亲是林琴南的文书。我虽然没有受教于郑先生，但是因为他住我家楼上，母亲和他有点来往，有一次把我的一张字拿给他看，他说写得很好。我的第一首诗歌《月亮那一面》发表在《福建日报》上，母亲说：看来你要福星高照，好运要来了。

果然，第二年（1989）年我收到了"榕花文学创作函授班"的报名通知，我利用暑假写了两篇短篇小说寄去，没想到两篇都发表了，编辑来信说了许多鼓励的话，这使我看到了人生希望的曙光。在1990年春天，我收到了去福州面试的通知，我穿上了自己最新的衣服，在于山白塔的福州市文联，我见到了市文联主席黄安榕，她是"榕花"的院长（名誉院长是谢冰心），还有张英慧、哈雷、黄文山、陈章武、陈章汉、林焱、陈存诚、王泉金等老师，聆听了郭风前辈的教诲，并且和同学们照了"全家福"。在夏天的毕业见面会上，我被推荐为优秀学员代表上台发言。我记得黄安榕院长坐在前面第二排一直注视着我，那目光非常和蔼慈祥，充满了关切和期望，我在人生上的失意和沮丧顿时一扫而空，我想我能行，我要当作家，我要写下去。

我的表哥带着我去了趟马尾，我看到了七星塔，见到了风光旖旎的马江之战战场。我的舅舅在1973年就去世了，表哥的女儿刘薇那时七岁了。我们在七星塔下合了影。我和同学陈兰英、陈丹交上了朋友，陈丹来厦门文学社开会住在我家，我后来去福州也去她家住过两次。我到特区少儿文学社上班后，五十几岁的同学陈兰英特地从福州来厦门我的单位看我，还带来香菇等，我下班后带她去菜场买菜，然后回家烧好请她。她每年都会寄贺卡给我，还寄一本《福州散文选》给我，我在上面看到了郭风、蔡其矫、陈章武、黄文山等老师描写福州的美文。

最令我感动的是黄安榕院长，她来厦门开会都会叫我去见面，关切地询问我的生活和工作，还送我一条很漂亮的连衣裙和福州点心。张英慧老师一直鼓励我写作，在我一度对人生绝望、对写作没有信心的时候，他都说我能写，要写，要一直写。我去年国庆节去福州，他带我去看了"三坊七巷"，他一一介绍三坊七巷中的名人故居，使我对福州文化在20世纪初对中国的影响有了立体的印象。我想我能够在写作上有点成绩应当归功于"榕花文学函授班"的发现、培养和扶持，因此，榕城福州将永远是我生命中的驿站，是我在人生的旅途中最向往的地方。

　　我在2009年春天旧房拆迁回迁到老地点西村，我在新家的餐桌上方安了一盏红底黑字的"福"字灯，那"福"字是倒写的，每次吃饭的时候打开它，心里都会感到它的温馨，觉得暖呼呼的。福星高照好运来。我真幸福，能够生活在福建的厦门，住在厦门大学这么漂亮的地方，我真幸运，能够在厦门大学出版社工作，能够用笔书写和讴歌我们的新时代、新生活。

集美，我青春之歌的第一乐章

我在厦门出生、长大，可是，在1979年之前，我从未去过集美。不过，我童年坐着火车从海堤上经过时，从车窗远远眺望过那美丽的龙舟池畔，在我的心目中，集美就是集天下之美。

到了1979年，我考上了集美师专化学科，当我入住到学校女生宿舍的时候，惊讶地发现，它和厦门大学的学生宿舍是那么相似，简直就像是孪生姐妹。

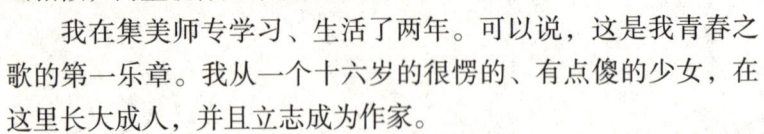

我在集美师专学习、生活了两年。可以说，这是我青春之歌的第一乐章。我从一个十六岁的很愣的、有点傻的少女，在这里长大成人，并且立志成为作家。

集美之美，使我第一次对建筑的美感兴趣。每当我途经航专到师专上学的时候，都要看看他们校内那和厦门大学的芙蓉四很相像的几栋建筑。每天清晨起床后，洗漱完，我和张红瓔、张玮两位女同学跑步到南熏楼附近读英语。当我看到一轮红日初升的时候，心里总会有一种战栗和激动。在初升的朝阳照耀下，集美是那么清新，南熏楼和道南楼是那么宏伟壮丽，晨光中，我们的朗读虽然声音很轻，可是它却像录音机一样录进了我的脑海，以至于我一辈子都不会忘记。

我们的伙食是吃公家的，食堂很小，几个大方桌，每桌八个人，有男有女，是固定组合，由辅导员定下的。每天都是一脸盆高丽菜，上面几片肉或者每人一条巴郎鱼。吃完后把脸盆洗好交还。有个餐桌同学不愿洗盆子，班长说："猪也要洗猪槽啊！"结果这句话成为当时的经典，在同学中笑传。

张红璎总是穿件商检的制服，她的妈妈在商检局，和我的堂嫂是同事，于是，我回家和妈妈说商检的衣服好看，妈妈就和堂嫂说了，堂嫂给了我两件，于是，我变成天天穿商检衣服的红璎的翻版。

我们的教室是固定的，开始是在科学馆一楼，后来到后面一栋三楼。每天我都有去晚自修。三楼教室后面有块黑板，班主任詹国荣老师要求我们四个小组轮流出板报，然后进行评比。我在上面发了一篇小评论，要大家勤奋学习，树立远大的志向；还写过一首《海之歌》的诗歌，这首诗后来又登在《红烛》的校报上，用的是石硅的笔名。

每天中午，我在宿舍里练一个小时毛笔字。父亲在我上师专前给我买了一本邓散木的《五体书〈正气歌〉》，所谓五体指的是篆、隶、草、行、楷五种字体，《正气歌》就是文天祥的。可我总是写："天地有正气，杂然赋流形。下则为河岳，上则为日星。"总是这几个字的行书。一年后我参加了学校的书法竞赛，没想到竟然得了毛笔字二等奖。

那时时髦唱歌，学校的演唱会有合唱、独唱。班上的陆晓红去唱过两次，反响不错。李谷一的《乡恋》和邓丽君的歌是我们的最爱。我的嗓子好但是非常腼腆、羞涩，所以从来没有登台唱过。

夏天的时候，我们上过两次游泳课。我发现班上 17 位女同学中绝大多数不会游泳，倒是张玮游得很好，在游泳池里游得很快，简直就像条鲤鱼。后来她出了国，鲤鱼算是跳"龙门"了吧，她是女同学里面唯一一位出国的。我们的英语只读了一年，可她在毕业前英语能够和英语班的人流利地对话了。她毕业之后留在学校的图书馆里工作，嫁给一位航专老师，两人一起去了加拿大。

　　副班长林玉梅是位文静、勤奋的人，我和她成了好朋友，每天一起晚自习，一起回宿舍，星期天有时不回家，就在学校里面看书、谈心。我那时大大咧咧，很憨，玉梅教了我一些为人处世必需的礼貌，使我不至于闯祸。

　　我和厦大教师子女杨丽鸿同桌，我发现她看了很多世界文学名著。詹老师叫我和她各写一篇文章交给他，我们都写了，但都没有采用。后来，我和学习委员高振华同桌。高振华很美丽，比我懂事多了，我在临毕业的时候和她一起去了陈嘉庚先生的墓地，还去了集美解放纪念碑、归来堂，我在纪念碑附近和高振华合了影，自己也照了一张。

　　两年时间一晃而过。可以说，是师专点燃了我求知的欲望，使我一辈子倾心向学。我知道画家黄永玉在集美读过中学，现代文学史上著名现代派作家施蛰存曾在集美教过书，而厦门大学历史系研究海关史的专家陈诗启先生早年就毕业于集美师范。我想，集美师范大概就是集美师专的前身吧。

复旦南区的月亮

著名作家王小波说过,一个人只拥有此生此世是不够的,他还应该拥有诗意的世界。

我第一次看到黄色的、圆盘似的大月亮,是在复旦南区的一块平地上。那月亮刚从地平线升起不久,我觉得离我很近、很温馨,我听到了自己心的战栗,我陶醉了。

我从小在厦大校园里长大,去市区就业后每天傍晚下班回家,晚上都在家里夜读,几乎没有出门过过夜生活,偶尔见到圆月,都是挂在高高的天空,小而白,从来没有见过黄色的那么大的圆月。我原来以为月亮是高寒的,月色是清冷的,要不怎么会叫"广寒宫"呢?这轮黄色的月亮可以说打破了我对月亮的认识,使我看到了生活的多样性。

喜欢李白笔下的月亮,喜欢他那种只有诗仙才能有的飘逸。"暂伴月将影,行乐须及春""我歌月徘徊,我舞影凌乱"。我那时住在406号的女生宿舍,斜对面是栋男生宿舍。一天晚上,作家班的几个男同学在那栋楼楼顶喝酒,趁着酒意高呼:"天上有个月亮,406也有个月亮。"搞得我们寝室很狼狈。我想我不是月亮,而是一朵昙花(昙花在法国是月光之花),我在复旦南区的月亮下绽放,在我30岁——一个女人一生中最美丽的时候,有幸让欣赏我、爱过我的人看见了。为此,我要感谢上苍,感谢命运对我的眷顾与厚爱!

巴金说过:"作家靠生活培养,靠作品而存在。"我想一个作家要有点底层生活的经验，才能有底层文化所特有的圆通和包容。这是中产阶级严谨、苛刻、有些虚伪的文化所没有的。正是底层生活的历练，才孕育产生了"星斗其文，赤子其人"的沈从文和当今机智干练、才气冲天的莫言两位大师。作家班的很多同学，都有丰富的底层生活经验，闯过江湖，见过世面，经历过风雨，而这些正是我这个在父母的羽翼下长大的书呆子所欠缺的。因此，我为自己能和这些人成为同窗学友感到十分荣幸和自豪。

春风桃李一杯酒，江湖夜雨廿年灯。可以说，是复旦南区那轮黄色的温馨的圆月照亮了我的人生。

绍兴，我梦中的故乡

小时候上学填表，籍贯一栏我总是填浙江新昌。我在 30 岁之前从未回过老家，因此，我曾经问过父亲：新昌在哪里啊？父亲说：新昌是属于绍兴府的，在绍兴啊。绍兴还有一个你的叔叔呢。

我一听很是高兴。绍兴，是鲁迅的故乡，还是周恩来总理的老家啊！于是，鲁迅笔下的故乡仿佛在我的眼前活动了起来。那个立在水面上的戏台好像还在演社戏，《祝福》里的祥林嫂死得多么悲惨可怜啊。《药》里的华老栓多么愚昧，竟然用馒头去沾女革命家夏瑜的血做药来给儿子治病……

我的文学梦就是从此开始的。人生如梦，不做梦的人肯定平庸。作家周国平说："倘若彻底排除掉梦、想象、幻觉的因素，世界不再有色彩和音响，人心不再有憧憬和战栗，生命还有什么意义？"我要当作家，像鲁迅那样。幼小的我暗暗发誓。我认为对于一个作家来说，除了普通人的一次人生之外，还有他创造出来的另一次人生，这就是他笔下的世界，他的作品。我的梦想就是有一天当我去绍兴看叔叔的时候，能够给叔叔献上我的作品，向他汇报我这个故乡的游子在万里之外的生活。

我在 1991 年春天收到了复旦大学中文系作家班的录取通知。叔叔、婶婶带着他们的两个十几岁的女儿来厦门，在我家里住了一星期。我到了上海复旦大学的第二个晚上，叔叔竟然找到了我的宿舍，并且给了我两百元钱。叔叔那时已经是近七十岁的人了。我和他走在复旦南区有点荒凉的校园里，春天的夜晚很冷，但是因为有叔叔在，我感到了一种亲情的温暖。我知道叔叔一辈子最崇敬的人是我父亲，我作为父亲唯一的女儿，听着他诉说我父亲的种种往事，不由得暗自庆幸自己能够用手中的笔为自己的人生开辟出一条路来。这是一条文学的路，寻梦的路，回老家的路。

于是，在那年的暑假，我第一次回了老家，第一站就是去绍兴见叔叔。

叔叔的家在绍兴城里的八字桥直街。叔叔是绍兴地区卫校的教师，离休干部。家里三房一厅。我和两个堂妹住在一起。叔叔陪我走在山阴道上，去了越王台、沈园、兰亭、秋瑾故居、蔡元培故居，两个堂妹那时还是高中生，陪我到鲁迅故居、东湖等游玩。我第一次看到了"咸亨酒店"的门面柜台，三味书屋里鲁迅读书的课桌椅，还有百草园等以及风景如画的剡溪。我仿佛回到了东晋时曲水流觞的盛会，回到了秋瑾那个"秋风秋雨愁煞人"的夜晚，看到了鲁迅故居门前的那棵枣树，听到了百草园里蟋蟀的鸣唱。从此故乡在我的心中不再只是纸上的符号，而是真实眼见触手可摸的心底里最柔软的一块地方。

2000年春天，我父亲去世不久，我因病住院了。没想到叔叔竟然从万里之外的绍兴来看我，给我送来香蕉等水果。我感到是冥冥中父亲的魂灵托梦给他来看我的。叔叔，我世上唯一的长辈，我身在医院里，不能够招待年迈的您，却让您为我担心，我真是感到惭愧万分啊。

今年暑假，我参加了校工会组织的旅游团，再次前往绍兴。我的心愿是见一下已经九十岁的叔叔。婶婶去世十年了，他一直和大女儿相依为命。当我一路问到他的家里时，才发现叔叔真的老了，再也不是那个七十几岁还能健步如飞的人了。人变得很瘦，头发都白了，虽然还认得我，可是脑子有点糊涂了。但是和他聊天的时候，还能感觉到他对我父亲的钦佩之情，兄弟如手足啊。我没有出息，到了五十一岁还没有成家，还要让叔叔为我担心和焦虑。我只能说：叔叔，我没啥礼物带给您，只有自己的两本书《岁月的泡沫》和《花开的声音》送给您。能够让您在有生之年读到它们，也许这是上帝给我的人生和梦想的一种安慰，一种寄托，一种心灵的满足。

　　为此，我要感谢绍兴，感谢叔叔，感谢所有爱我的人！

食 蟹 记

我从小在厦门长大，又有一个同样生长在海边的母亲，因此，在我童年和少年的时候，螃蟹是我家餐桌上的家常菜。20世纪70年代的时候，鱼肉等都要凭票供应，而螃蟹是由些小贩挑到家门口卖的。我家那时住芙蓉五一楼，买的次数多了，熟悉的小贩会找上门来。母亲挑螃蟹可是行家，买的蟹很肥，有的有膏或者里面还有层能吃的膏壳。记得青蟹也就是蟳，一斤约一块二角，有红膏的两块，至于梭子蟹也就是蠘，一斤不到一块，不过梭子蟹那时都是死的，因为它是深海里的。母亲买青蟹总是买很多，放在家里的水缸底养着，每天两三只慢慢吃。我记得那味道特别鲜美，比现在的蟹好吃，可能是因为那都是野生的缘故。

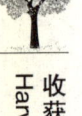

到了20世纪80年代中期以后，我的父母年纪大了，加上我停薪留职几年在家里读书，父母亲那时的工资要负责四个人的生活已经不大轻松了，而蟹的价格飞涨了好几十倍，因此，我家的餐桌上便很少有蟹了。

母亲是1992年9月7日走的，走之前二十几天，我刚找到工作，因此，白天没有去陪她。母亲的一个好友对我说："你妈妈不行了，你去买些她爱吃的东西来给她吃吧。"我立即想到了螃蟹，就到厦港菜场买了只青蟹煮好拿到医院母亲的病床边，母亲见后说："你不会买啊，别买了。"其实她已经吃不动了。

母亲是半夜一点多走的。我给母亲换好了衣服，和弟弟以及医院的两个护工用担架把母亲抬到医院的太平间,我又累又困,就和弟弟一起回家睡觉,告诉父亲我母亲没了。

第二天一早,我去医院母亲的病床前拿衣物,看到那只螃蟹还在,一点没动,我的眼泪顿时流了下来。母亲,女儿无能,没有能够让你的晚年幸福快乐,能够走得体面些,能够过得舒心点。我知道你唯一的希望是能够让我有一份自己喜欢的工作,嫁个我爱的他也爱我的人,可是,我却一再地让你失望,伤透了你的心。

到了1995年,我正式调进厦门大学出版社,我的生活才算安定了下来。单位里活动的时候,常能吃到蟹,只是觉得那蟹远不如过去的好吃。而我家里则都没有买了,因为蟹太贵,我父亲年纪大了,已吃不动了。

今年秋天,我自己做饭,发现梭子蟹很便宜,死蟹一斤八元,活的一斤二十几块。我买了几次死蟹,有的不新鲜,就买活的,一只中等大小的15块左右,我每天买一只下酒,吃得很开心。

卖蟹人告诉我,这是习总书记上台后抓四风,蟹才这么便宜,前两年这蟹一般都是大餐馆大酒店买光了,剩下的一斤要100块,一般百姓家吃不起。

因此,我现在能够自己买蟹吃,是托了习总书记的福啊!

送人玫瑰，手有余香

我和文君是复旦大学中文系作家班的同学，这位来自唐山的女子小我一岁。感觉她很忧郁、敏感，讲话轻声细语，声音很好听。我问她唐山大地震时她家的情形，她说她家房屋震塌了，全家五口压在下面，还好住的是木板房，她父亲从废墟中救出她时，她已经没气了，一场小雨把她浇醒。她全家都平安。父亲救完全家救街坊邻居。全市死亡二十多万，重伤十多万。到处都是死尸、断胳膊、断腿。

我倒吸了一口冷气。唐山地震时她还是初中生，豆蔻年华的少女，在一片废墟之中，她挺起胸膛站立起来，顽强地走到了今天。没有人给她心理抚慰，那时没有这些。我想，她一定有很多东西要倾吐，有很多话要说要写，关于生死，关于爱，关于过往的一切。

这本《送你一朵玫瑰》应当说是她在重生之后心血的结晶。因为认识了她，当前两年《唐山大地震》电影上映后，我特地独自去电影院观看，被感动得泪流满面。我读她的诗歌《死亡》，她把人的死亡比喻为去贴一面黑墙。这不禁使我想起2012年夏天我去唐山她家里做客，她带我去看了刻有地震中死亡人员名字的那几面高大无比、宽得望不到边的黑墙（据说叫哭墙）——唐山地震纪念墙。她说，还有很多很多人的名字没有刻上去。二十多万，世界上还没有这么大的墙可以镶刻这么多的人名。我去的时候是8月初，离地震纪念日"7·28"不久，墙下面有人送的一些祭奠的花还在，我的心沉甸甸的。她的书中写的《寻找小峰》，仅仅是地震的一个侧面，那个失落的童年伙伴小峰，地震后再也没有他的音讯，我想文君可能曾经不止一次地把目光落在那高高的墙上来来回回地搜寻。

值得欣慰的是，沧桑之后，文君有了一个幸福的家，她的老公事业有成。《任雨打芭蕉》还写了值得她骄傲的儿子，如今已是美国密歇根大学的高才生。她的《幸福像花儿一样》《我修炼，我快乐》《今天是情人节》《我把儿子逼进了美国名校》等等，真是很好地证明了"大难不死，必有后福"！

书中描写童年乡村生活的一组"小村旧事"特别引起我的兴趣。"乡俗""淘气""生与死""蛇""偷黄瓜"等，不禁让我想起自己在农村度过的童年。这些带着苦涩的欢乐对于今天在城市里玩电子游戏的孩子来说，是多么难得、多么生动、多么可贵的人生体验，因此格外令人回味。

文君有北方女子特有的豪爽和侠义，古道热肠，乐于助人。在复旦求学的生活，是我们友情的初始，在她的笔下，我看到了她对其他几位女同学鞠兰臻、高慧君（惠惠）、沙光、卢文丽的描绘和怀想之情以及毕业后的联系和交往。她对我的爱和帮助更是令我终生难忘、感动不已。《父亲》一文，让我看到了她的这些优秀品质的由来。她父亲多才多艺，不但年年都是厂里的劳模、先进，还会吹笛子，是市象棋冠军。平时总说"不以恶小而为之，不以善小而不为""不以物喜，不以己悲"，总是助人为乐。遗憾的是，这位父亲已经离开人世了。

书中几篇游记《青酒之乡》《西安之旅》《丰润有条还乡河》等，不论是写景还是写人，都是娓娓道来，让人如临其境，如见其人。

"送人玫瑰，手有余香"。这本书的名字叫《送你一朵玫瑰》，当你手捧这朵玫瑰的时候，除了心怀感动之外，你也一定嗅到了送花人手里的余香，因此感叹：活着真好，生活真美好！

是为序。

重 生

古希腊女诗人萨福说:"人死去活来过多少次,就会有多少次的倾诉。"我第一次读到它时心想,人死了还会活过来?还多少次?多少次倾诉,岂不是成了话痨?我们的孔子可是讲"述而不作",一辈子只有一部《论语》。

年轻时的我爱上图书馆,一去就是大半天。在一个个书架旁找书的时候,常有被书活埋的感觉。当手捧一大堆心爱的书籍走回家时,心中的窃喜,恐怕除了和我一样的书呆子外很少有人能够体会到。我感到这是一种绝处逢生,在没有路的地方我找到了路,用书籍为自己架起了和世界上形形色色的人心灵对话的桥梁。我有时想,那些监狱里的囚犯要是能够有书看,一定不会感到无聊,一定能够重新做人,从而获得重生。

英国有位农民,有天从河里救起一位落水的贵族子弟,贵公子的父亲为了报答他,让这个农民的儿子和他的儿子一起读书受教育,后来,这个农民的儿子弗莱明成为青霉素的发明者,而他救起的那个孩子丘吉尔则成了英国首相。这是两个生命的重生。他们见证了爱的伟大的力量。

我在三十三岁的时候轻生过,被救后住进了医院。在住院的三个月里,单位里的领导和同事以及许多朋友的探视让我有了一种重生的感觉。当我回到家里,看到老父亲为了盼望我能早点回家,竟在我的床上堆起一小堆一小堆我的衣服,每一小堆都是去接我时我能够穿回家的。三个月,从春天到夏天,一堆堆的衣服也由厚到薄……我的可怜的父亲那时已有老年痴呆，我真难以想象，他是怎样摸索着找我的这些衣服，一一的拼凑成一套一套，等待着我去穿它们。真是感谢上帝，我还活着，还能够回到家里和父亲相依为命。

当时的办公室主任蔡景春是闽南人，大约五十来岁，我出院后去上班，有次过来和我聊天。他对我说，你以后下午不必来上班，就在家里吧，于是，我成了只要上半天班的人。我想也许是老蔡同情我，这位生命中的大好年华都在劳改农场里管犯人的人，或许知道有自己可以自由支配的时间对一个文学青年来说可能就意味着是一次精神生命的重生。对此，我常心怀感激，想起他对我的信赖与关照。我能有今天，能够写下这些文字，最应该感谢的是老蔡，可惜，他已经看不到我的书和文章了。

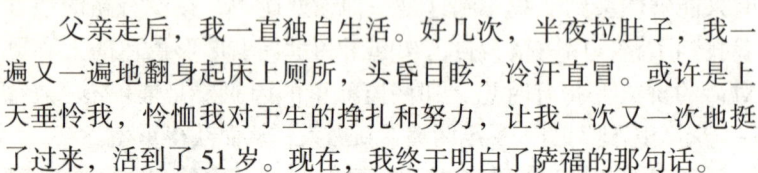

父亲走后，我一直独自生活。好几次，半夜拉肚子，我一遍又一遍地翻身起床上厕所，头昏目眩，冷汗直冒。或许是上天垂怜我，怜恤我对于生的挣扎和努力，让我一次又一次地挺了过来，活到了51岁。现在，我终于明白了萨福的那句话。

今天正好是感恩节。感谢我的救命恩人，是他们给了我重生的机会，感谢所有爱我的人们，是你们让我感受到了人间的温暖。

人生拐弯的地方

人生有许多拐弯的地方。升学、就业、结婚、生子、职位上的升迁以及退休等等。与其说不能够输在起跑线上,不如说别在拐弯的地方落后了,因为正是这些拐弯的地方,决定了你一生幸福与否,决定了你的生活质量以及你事业所能够达到的高度。

再过四年我就退休了。我已经走过了职业生涯的最高点,就像一条抛物线,已经拐过弯来,正在往地面着陆。

对于一直没有结婚成家的我来说,能够在这个时候抓住自己青春的尾巴,多写些书出版,将决定着自己晚年的生活品质。青春是一本太仓促的书,但晚年不是。夕阳无限好,为霞尚满天。中国人是崇尚年龄的民族,过了多少岁,进公园、乘车可以免票。

许多人的晚年打麻将、跳舞、钓鱼、旅行,我对这些都没多大兴趣和能力。我喜欢读书、写作、思考、做梦。人生在拐弯的地方会有许多意想不到的奇迹,如果人类没有了梦想和盼望,那么人生实在没有值得活下去的理由。

很不幸的是,中国有许多年轻人活得像老人,世故、势利、没有梦想,而许多老年人却想要年轻。五十而知天命,可以说,五十岁是道坎。有些同学、朋友以及亲人走了,以后的岁月,会有越来越多的熟人离你而去,新认识的朋友会慢慢减少。这就是身与心都开始老了。

感谢上帝让我四十九岁的时候出版了第一本书《岁月的泡沫》,今年出版了《花开的声音》,未来的三年将写作和出版《收获的时间》。我不敢说自己大器晚成,但我一直是以大器晚成的英国小说家哈代来勉励自己。世间的花有的开得早,有的开得晚,这样一来,一年四季才都有花。我始终认为,职业并不代表事业。惠特曼是邮递员,成了大诗人;马克·吐温是水手,成了了不起的小说家;今年获得诺贝尔文学奖的门罗,一辈子是加拿大一个小镇上的家庭妇女。

一个人只要活着,就要坚持自己的梦想,并且努力去实现这个梦想。因此,花开的声音就是心跳的声音。

几度夕阳红

前几天,我家阳台上的芦荟开花了。朋友说,芦荟开花是非常难得的,你应该把它拍摄下来。我心想,可能会有什么好事临到我了。

果然,在12月14日,我在厦门的鹭江宾馆,见到了老同学虹影和她的丈夫亚当·威廉姆斯以及他们六岁的女儿瑟铂。他们是来给新书做签售,并且应邀到厦门大学人文学院做演讲的。

这是我时隔二十二年再次单独见到她。她还记得当年住在我的上铺。问我还有谁,我说还有一个是我班上的巫兰,比我们大五岁左右,已婚,是广西壮族,回去后离婚了。而我一直没有结婚,父母都没有了,孤单一人。我介绍了我单位办公室的小吴,她送他一本她的小说《阿难》,我说他正好有点信佛。她送我的是新书《53种离别》《小小姑娘》,我也送她我的书《岁月的泡沫》《花开的声音》以及我们出版社出的《厦大往事》《厦大建筑》。

虹影的文章有种仙气,写得非常灵动曼妙,就像她的人生。英国的《泰晤士报》曾经整版报道过她,说"中国出虹影是中国的奇迹"。她好像喜欢黑色。我初次在复旦南区12号楼406室见到她时,是蓬松的钢丝头,上下一身黑,脸很小,眼睛非常大非常黑。巫兰曾悄悄地和我说,她很怕虹影,但是虹影有才。我从宿舍衣柜里一大堆她的诗集《天堂鸟》里拿出一本来读,读后感到非常惊讶,我预感到她会成名,特地写信给鹭江出版社的社长游斌先生，并且附上了一本《天堂鸟》，希望该社能出版她的书（我在去复旦之前到该社开过会，被聘为特约编辑，负责组稿）。但是游斌回信说该社只出厦门本地作家的书，因此我就作罢了。

十几天后她飞往英国结婚了。我觉得她像一只黑蝴蝶，是一只在文字笔墨和书海中飞舞的黑蝴蝶。多少年过去了，我都一直在关注她。

我认识的一些女子，出国后嫁了一次又一次的并不少。虹影之所以能够成为虹影，是因为她的天才，她的天赋异禀和勤奋。如今已经出版了二十六本书的她，是我们作家班的骄傲。在一个女性缺少话语权，长期以来文化被认为是贵族家庭或者知识界上层出身的人才有的某种特权的地方，虹影的身世，她的书写，可以说改写了当代中国女性文学史。有人在她成功之后要我也要努力写，我说：任何人的人生都是独一无二、不可复制的，她是她，我是我。

当年，给宿舍打扫卫生的钟阿姨说虹影有点像那时正在热播的电视剧《几度夕阳红》里的女主角李梦竹，那个李梦竹，是重庆沙坪坝之花，去了台湾嫁作人妇之后变成了普通的一棵草。而虹影这只黑蝴蝶，在英国成了蝴蝶的王、蝴蝶的精。

虹影的丈夫亚当·威廉姆斯是英国白人，高大英俊，很有智慧。他带了他的书《乾隆的骨头》来签售。他是第四代中国通，能说中文，我们带他们去鼓浪屿玩，在黄家花园别墅喝咖啡聊天。他们的女儿瑟铂不停地在画着画。虹影每本新书的封面和插图都是瑟铂的画。这个六岁的女孩子完全是西方人的相貌特征，很秀气，但看起来有点忧郁。看得出威廉姆斯很爱虹影和瑟铂，他看虹影的目光是一种迷恋，一种特别的温柔。当他们在厦大人文学院演讲完后人文学院副院长李晓红问他："做虹影这样的人的丈夫我们中国男的会觉得非常有压力,你觉得怎样?"威廉姆斯说:"我觉得我非常幸运,非常幸福!"我想,这是发自内心的话。

虹影的演讲很精彩。她演讲的题目是《我也叫山鲁佐德——我的写作与生活》。她对少女时期生活的记忆的叙述非常生动,比如,她说重庆当地骂人的情形和语言,我想只有她能够讲得这么好。她说,女人有权利去追求自己的幸福,你没有罪。她把自己比作在讲故事的祥林嫂。我想,她比祥林嫂幸运,因为她生活的时代让她受了教育,成为著名作家,能把故事讲给全世界听,写给全世界看,这实在是中国的奇迹,也是当代中国女作家中的传奇。

"一壶浊酒喜相逢。古今多少事,都付笑谈中。"我对虹影说:"能够再见到你,而且是在厦门,应该说是上帝的安排。"厦大中文系鼓浪文学社学生请虹影题字,虹影题写:"文学使我们走到一起。"她的女儿瑟铂,特地在下面画了一只鸟和一只蝴蝶。

大明湖，我心中的情结

之所以喜欢济南，喜欢大明湖，是因为李清照的缘故。我是写诗的，而李清照是历史上最著名的女诗人。

自从在网络上认识了一个叫诗讲的人，就对大明湖心向往之。我想大明湖一定很美，美得要用诗来讲，用诗来诉说，所以它叫了这么一个名字。诗讲问我：你到过济南吗？我说前些年去过，是集体旅游，来去匆匆，只到了趵突泉、李清照故居。

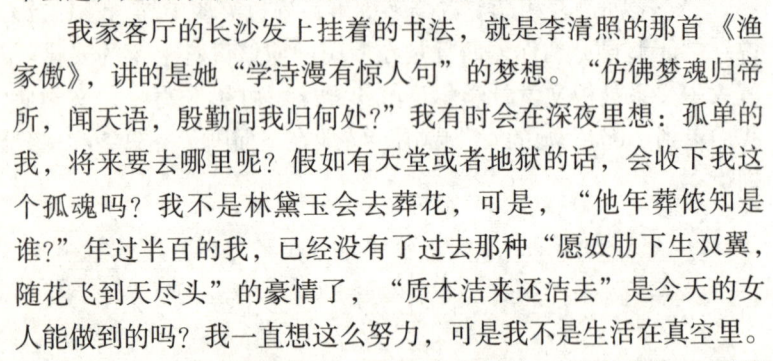

我家客厅的长沙发上挂着的书法，就是李清照的那首《渔家傲》，讲的是她"学诗漫有惊人句"的梦想。"仿佛梦魂归帝所，闻天语，殷勤问我归何处？"我有时会在深夜里想：孤单的我，将来要去哪里呢？假如有天堂或者地狱的话，会收下我这个孤魂吗？我不是林黛玉会去葬花，可是，"他年葬侬知是谁？"年过半百的我，已经没有了过去那种"愿奴肋下生双翼，随花飞到天尽头"的豪情了，"质本洁来还洁去"是今天的女人能做到的吗？我一直想这么努力，可是我不是生活在真空里。

我想当今世界最苦的，不是没有饭吃、没有衣穿，而是"求不得"苦。当年的二十几岁的我，如果有不顾一切去追求自己的爱情的胆量和勇气，或许我的命运，就不是今天这个样子。女人一辈子所求的，说到底，是一个真心爱她的男人。而我所有的努力和奋斗，为的就是能够有个家。这对于一个在年轻时父母就已年迈、不到中年父母就已双亡的、没有兄弟姐妹的我来说，是最最迫切的盼望。可是，命运对我来说，竟是这么残酷，让我孤单一个人，跌跌撞撞地走了大半生，像一只没有头脑的蜜蜂，一个劲地在窗玻璃上挣扎，却冲不出去。

外面的春光很美，可是却不属于我。

我想，那个"眼波才动有人猜"和"羞走，却把青梅嗅"的少女李清照，大约也就十六七岁的年纪。而这个年纪的我，正忙于准备高考，天天做着一大堆习题。考上大学后，有了暗恋的人，便自己找来一大堆唐诗宋词和朦胧诗，苦读苦抄。如今也算成为诗人作家了，可是老去的是青春岁月大好年华。美国有位专门写孤独的失败者的大师级小说家耶茨，被誉为"焦虑时代的伟大作家"，可是英气逼人、比许多著名演员都帅的他，大半生孤单，死的时候几乎家徒四壁。他的每一本书都让人边读边流泪，硬是用一个个朴实无华的故事，讲述了经济时代的美殇、情殇。我想假如他生在当今的中国，不知道还会写多少所谓主流的中产阶级的幻灭的故事？要是认识了我，一定会以我为原型写出令人心碎的文章。

认识了诗讲之后，和他通了手机。他发来了他的照片，他女儿的照片。他告诉我，他离过两次婚，是建筑师，在事业上有些成就，但是在生活中是失败着。建筑师是我喜欢的职业，因为它是创造美和美好生活的职业。可照片里的他家徒四壁，一脸忧伤。他信耶稣，每个星期天都去教堂做礼拜。三年后，他发来了他新买的公寓的图纸照片，告诉了我房子楼层和朝向，我以为，那是我未来的家。

我天天都盼望着他的到来，盼望着能够早日见面。从春天到夏天，从秋天到冬天，四季轮回了一年又一年。可是，他总是说工作忙、忙、忙，总是用各种借口拖延。出差啊，济宁、微山湖、菏泽，搞得我这个对山东省地名一点都不懂的人一个劲地看地图。可是"空山不见人，但闻人语响"。生命通过声音在固执地认定自己。他的声音厚重朴实，就像北方的建筑，很有男性的魅力。我从他的话里感到了他的真诚直爽。我查了生肖配对，属马和属虎是绝配。我想他应该是上帝派来保护我、陪伴我的亲人吧。

"夜月一帘幽梦，春风十里柔情"，我用一颗期盼的心，天天在家里等待、等待。

为了等待他的到来，为了使到来的他能够爱上我，我练起了毛笔字。我希望我的字能够作为我们的见面礼。前年获得国际建筑学界最高奖的中国建筑学家王澍，就对中国的书法和绘画艺术很有研究。为了能够成为他的知音，我一再地学习、学习，以致本来就是书呆子的我，竟然要出书法集了。

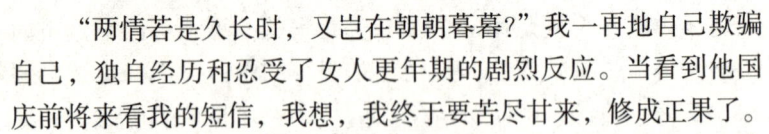

"两情若是久长时，又岂在朝朝暮暮？"我一再地自己欺骗自己，独自经历和忍受了女人更年期的剧烈反应。当看到他国庆前将来看我的短信，我想，我终于要苦尽甘来，修成正果了。

然而，我们只有两面之缘。我请他吃饭，叫上了我的几位朋友。可是，第二天他独自去了鼓浪屿，逛了厦大校园。我想不妙，他没看上我。虽然他很喜欢我的书法，可是，却没有爱上写字的人。走之前他回请了我，自己只在旅店一天，就不辞而别。我真是空欢喜了一场。我想我已经没有眼泪哭了。一个花期已过的老女人，是没有眼泪为失恋哭的。

有的只是漫漫长夜里更多的惊醒和失眠。

楼前的洋紫荆

我家楼前的马路边上有过一棵硕大的洋紫荆，那树干比一个成年人双手合抱的周长还长。我常觉得它是棵花神。每天早晨路过，望着那一树美丽的繁花，那高大的茂盛的树冠上仿佛停着千万只美丽的蝴蝶，有的浅紫，有的粉嫩，在秋冬万物萧瑟的日子里，这一树鲜花开得那么绚烂、那么缤纷，风过后，几片花瓣轻轻飘落，有一次，飘落到了我的脚前。我想，这是上苍写给我的信，在告诉我人间的美好、生活的美好。

"佛把我变成了一棵树，长在你必经的路旁，阳光下慎重地开满了花，朵朵都是我前世的盼望。"每一次经过，我的心底都会响起席慕蓉的这首名诗。原本早已冰封的心里，顿时会有股暖流在涌动，"既然冬天来了，春天还会远吗？"（雪莱诗）于是，心里便有了盼望，有了生机，有了梦想，有了憧憬。

可是，今年春节前我路过的时候，却发现树没了，只剩下大半截树干歪倒在一旁，那一树的繁花、一树的美丽，全都不见了踪影。我的心猛然一沉，仿佛被人按到海里喝海水，我只觉得又苦又涩的滋味从嘴里鼻里吐出来，我想自己顷刻之间就成了老妇，再也没有了那种天真烂漫的心情。

这棵树的周围停满了轿车，我想，一定是哪辆车撞倒了它，于是物业干脆就把它锯掉了。可怜的树啊，你到底还是碍到有钱人了。

　　现在，我每天仍从它的半截躯干旁经过，它的灭亡，就是经济时代的一种美殇。那么多轿车占了它的位置，毁灭了它，让我一眼望去，都是冰冷的机械，却没有了一丝生机。

如花美眷，敌不过似水流年

  2014年元旦，刚换上一本新的台历，在香炉上点上两炷香，厦大报时的钟声敲响了，早上7点。
  我从家里出发，到南光食堂吃早餐。一进西校门，迎面就是一幅大红标语：祝全校师生员工新年快乐！
  清晨的校园里雾气弥漫，十分宁静。路上行人很少。到了篮球场，有十几个老人一字排开，在踢腿弯腰，随着录音机播放的旋律在做第五套广播体操。南光食堂在原来的三家村旁，玻璃门上写着：厦大餐饮，家的味道。
  进到里面买好早餐，面朝大门坐下，一群大学生走了进来，边走边喊：新年快乐！待他们买好早餐在不远处坐定之后，我数了一下，一共十个人，男男女女，那么年轻，那么有朝气，一副"书生意气，挥斥方遒"的样子。时光倒退三十年，那时的我，和他们一样年轻，但没有他们这样的活力和胆量。我们即便扎堆，也都是一群女孩子在一起，而我总是充当聆听者的角色。新年前夕，以前的几个女同学请我吃饭，讲起年过半百还要照料年迈的双亲，慨叹我这么多年下来真不容易。"我们都有兄弟姐妹，有丈夫孩子，你就一个人，真不简单啊！"
  年迈多病的父母，晚年时总爱捡些旧东西来收藏。用过的酱油瓶、饮料瓶、药瓶等就藏了好几个箱子。我绝对不能动的。家里的家具，还是他们当年结婚时的东西。这些家具的实际价值可以说是负数了，然而，它们的情感价值却一直在增值。它们记录或者见证了一对大学双职工家庭的生活：那两个从集体宿舍淘汰出来的旧书橱，那个高大笨重的衣柜，那张造了我的双人旧弹簧床。家中的空气常年弥漫着一股中药的味道。母亲常年熬中药，吃自己找来的偏方。我有自己的一个房间，自己的书房兼卧室。我在里面看书、做梦，品味生活的酸甜苦辣，把它们用文字记录下来，自我欣赏的同时作茧自缚，却找不到化蝶的良方。

如花美眷，敌不过似水流年。父亲走了十六年了。"良辰美景奈何天，赏心乐事谁家院？"到处都是崭新的高楼大厦。我原来的窝，也在几年前变成了新高楼里的一套房子。

"花开堪折直须折，莫待无花空折枝。"曾经有过多少好心人劝过我啊。

有的人，来去就像一阵风

　　有的人，来去就像一阵风。风过处，落下几片树叶，静美，凄清。

　　你和他是中学同学，毕业后各奔前程，没有再联系。你把自己的书房变成了一艘巨轮，而你是轮船上的海上钢琴师，只不过电脑是你的琴，你在上面弹奏着你的心曲，把它变成一行行文字，一本本书。

　　他读到博士，出了国，浪迹天涯二十几年。这次回来请大家聚会吃饭，仍然是你们两个单身的。拿出十年前他回来时大家的合影，你才发现，这十年，大家都老了。

　　英国作家卡莱尔说："未曾哭过长夜的人，不足以语人生。"年过半百的你，半夜醒来多少次，找的是自己灵魂的回声。

　　你送给他一本你的书。他看到里边提到了日本，于是打来电话，要到家里来看你。经过二十几年分别，你们好像还是高中生的心。

　　"人生有许多停靠站，我希望，每一个停靠站，都有一盏雾中的灯。"一坐下，他就背起了舒婷的诗。难为他一个物理博士，学了那么多种外文，还能记得故乡著名女诗人的诗句。

　　你和他谈起了日本京都平等院里面的凤凰堂。凤凰堂的建筑是典型的中国古建筑和日本建筑的完美结合。你和他讲西方建筑的高尖屋顶的象征与中国建筑屋檐燕尾式和马背式代表的主人身份的不同。你说中国人的生活是世俗的生活,却忽然想起里尔克的"灵魂失去了庙宇,雨水就会滴在心上"这句话对生活在异邦却没有入外国籍的他或许有点苦涩,于是忍下没有说。

你和他谈起了王阳明的心学,讲"防路贼易,防心贼难"。他问你,你心中幸福的含义是什么?你说:心安就是幸福。

他说他去过世界上很多地方,非洲、新西兰、中国的青海、西藏、云南、贵州。你说他可以写流浪汉小说,像欧洲17世纪作家学习。说他代表了西方文化的向外部征服的冲动,你在家里二十几年,学得了日本茶道的和、敬、清、寂。他说他之所以不结婚,是可以有盼望,因为总是不晓得自己的新娘是谁,而很多中国人,早早结婚生孩子,年纪轻轻墓地都买好了。五十几岁的人,还有一颗很年轻的心,真是罕见。你叫他要到长白山去看天池,尽管你没有去过,但你想象那是一个会洗净灵魂的地方。你总是在想象,尽管你并不太擅长,但你要靠这个吃饭,所以要穷思竭虑。

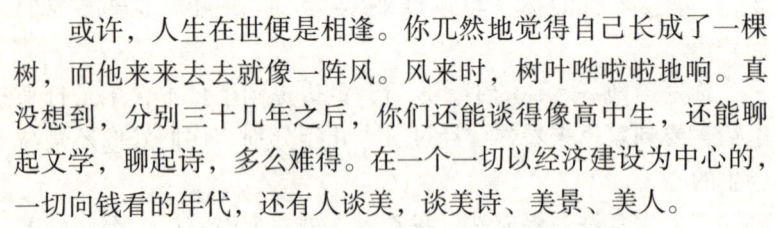

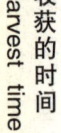

或许,人生在世便是相逢。你兀然地觉得自己长成了一棵树,而他来来去去就像一阵风。风来时,树叶哗啦啦地响。真没想到,分别三十几年之后,你们还能谈得像高中生,还能聊起文学,聊起诗,多么难得。在一个一切以经济建设为中心的,一切向钱看的年代,还有人谈美,谈美诗、美景、美人。

青岛的海色

　　我第一次看到青岛的海水,就被它的美惊呆了!它是那么湛蓝剔透,蓝得那么清亮,仿佛像纯粹的蓝宝石,不含一点杂质。我想这种颜色的海水,是我这个从小在厦门海边长大的人从未见过的,好像不是人间所有,是来自天堂,来自远古。那个炼五彩石补苍天的女娲,一定在这里遗落了一颗蓝宝石,太阳把它融化了,成了这里的海水。

　　车子沿着海边行走,沿途都是欧式别墅。绝大多数都是蓝色的琉璃瓦屋顶,和海水的颜色相呼应。青岛依山傍水四季如春,有东方瑞士之称,是高官贵吏名人大鳄休闲避暑的绝佳地方,这些别墅,当然都是为这些人准备的。曾几何时,一个越南来的法籍名妓,在这里笑迎八方客,颠倒众高官,四十几岁的女人,竟然能有这么大的魅力,我想一定是哪颗天煞星下凡。2000年间,青岛大富豪夜总会黄赌毒泛滥严重,经公安部查证,该夜总会出于市公安局长包庇纵容之下,可在其被双规后自缢于家中,该案就此打住。可见,青岛地上的人等有些实在不干不净,只会污染环境,怪不得它有条老街就叫"赃官巷",据考证是从清末就叫起的,因为它是那时贪官销赃的地方。可见青岛这块宝地一直是受人青睐和垂涎的。

　　青岛的五四广场就在海边,上面矗立着一个名为"五月的风"的红色雕塑,既像龙卷风,又像火炬。当年五四运动的口号之一就是"还我青岛",如今青岛早已回到祖国的怀抱,但愿它永远是人民的青岛,纯净的青岛。

厦门"心脏"三十几年的变迁

厦门的中山路与思明南路交界的十字路口，堪称厦门的"心脏"，我小时候，从厦大南校门乘1路公交去中山路就叫去厦门。记得这个心脏地带是当时厦门最繁华的地方。右手边是新南轩酒店，过来是光华大药店（现在是大陆商厦），拐角（到旧文化宫方向）居然有家织补旧衣服的店铺，然后是人民电影院。思明南路左手边现在金鹭首饰店的地方原来是绿岛大酒店，这可是当时厦门最大的酒店，虽然只有三四层，在我幼小的心目中，可是高大气派得很呢。马路左拐不远有家中梅理发店，我和妈妈有到那里理过发。现在的沃尔玛右手拐上去以前叫后路头，是个大菜市场，妈妈常带我到这里买菜。从厦大乘车到镇海路只要五分钱，乘到中山路就要一毛钱，因此，妈妈和我总是在镇海路下车，走上一段路去后路头。

之所以记得那家织补店，是因为妈妈带我到那里去织补过一件旧呢大衣。妈妈给我新买的一条的确良裤子裤袋处被我不小心划破了个两分钱硬币大小的口子，担心被妈妈骂，就偷偷拿到那家店找师傅补，师傅说我这裤子不值得织补，我坚持要补，就放在那里一周，花了一元六角补好了。穿了几周后母亲发现我这条裤子补过，我没说是自己拿去那里织补的。那时讲"新三年，旧三年，缝缝补补又三年"，我这条裤子后来也穿了好几年呢。

参加工作后，单位第一次组织在新南轩酒店吃薄饼、水饺，有次组织我们在人民电影院看反映南京大屠杀的《屠城血证》。至于绿岛大酒店，对我来说一直是可望不可去的奢华所在，在我的心目中，是家里有华侨的人才会去的地方。

20世纪80年代初台湾歌曲风靡大陆，"这绿岛像一只船在月夜里摇啊摇"，尽管此绿岛非厦门的绿岛，但是这首优美动听的《绿岛小夜曲》却是我们厦门长大的孩子们的最爱。

台湾五日

"台湾岛啊我的故乡，多么美好的地方。阿里山森林一望无边，真像大海洋。蔗糖甜啊稻米香，日月潭上好风光，蔗糖甜啊稻米香，日月潭上好风光。"这首歌的旋律非常优美动人，可是，童年的我唱起来总是满怀忧伤。台湾人民生活在水深火热之中，没有饭吃，吃香蕉皮，时刻盼望着我们去解放。这是老师经常对我们说的。

9月底的一天，我参加了大同酱油组织的台湾五日游。从厦门五通码头乘船到金门，候船时碰到一对老年夫妻，女的是《中学生作文报》总编退休，原来20世纪90年代该报在厦门有个站，她曾经在厦门工作，和我是同行，但我并不认识她。夫妻俩从西安来的，已坐了好几天火车了。他们和我们团一起乘渡轮到金门，然后我们团就是由台湾大同酱油总经理林建文先生和夫人丘女士代队导游。林先生是闽南人，在台湾已经第十五代了，丘女士原籍广东，是第二代，夫妻都戴眼镜，看上去更像书生。

林先生的口才好生了得，而且知识面很广，样样事情聊起来都让人听得津津有味。他讲起设计建造整个台湾引水灌溉系统的一位著名日本人，讲他对台湾的巨大贡献，讲他和一位台湾姑娘非常凄美的爱情故事。日本人二战时沉船死了，死时不到三十岁，可是那个姑娘等了他三十年。

我们游览的是台湾西岸。飞机一到高雄降落，就去佛光山参观佛陀纪念馆。在车上很远就看到一片金色的琉璃瓦。走进大门之后，只见里面的整个建筑有点汉代的味道，八个塔，分成两列。一个大殿堂，屋顶是黑瓦，显得非常古朴庄严。但是里面的设施非常先进，很现代化，不但走廊的墙上有各种彩绘雕塑，里面还有星云大师写一笔字的3D电影，真是让人大开眼界。

接着我们去台南安平港，参观安平老街的延平街。一路上，林先生给我们讲郑成功的故事，讲他整个家族怎么打到了台湾，然后在安平港安家落户，最后怎么败落。安平港周围的护城河及河边的几尊大炮还在，可谓历经沧桑。我们走在古老的延平街，看着一些中文繁体字的招牌，觉得时光仿佛倒流了几十年甚至几百年。直走到一所小学门口集合，才发现台湾的所有学校都没有围墙。

我们夜宿的大同招待所，就是林先生的家。整个招待所呈口字形，位于台南郊区的北区，门前不远有条急水河。招待所两层楼，口字中间是饭厅，顶上是玻璃的，很亮堂。我们在此过了两夜。

第二天，我们去看南鲲鯓米其林三星景点。这是一座古老的道观，里面雕梁画栋，非常复杂，连门档、照壁都非常讲究，可以说集古文化之大成。更难得的是里面还有当代人物的彩绘，如靠卖菜捐款而扬名世界的阿菊婆，还有大陆的陈光标呢。经过好几个门槛，看了许多非常精致的墙上玉雕、黄金做的大顶等等，没想到最里面竟然是个观音庙，可见中华文化具有很大的包容性。在日据时代，当时日本人想毁庙的时候，正是这个观音庙，保佑了整个古老的建筑，因此也算功德无量了。

匆忙看过大同酱油工厂之后，我们来到阿里山国家风景区，我在地久桥上走了过去，却没有上天长桥，而是在一个道观里看了一下，这是个济公庙。有几个人在"跳神"，外面不远处有个小亭，有个头戴"佛"字的人坐着，周围围了一些人，估计是给人算命之类的。在不远的路边有个卡拉 OK 的小摊，几个上海旅游团的游客上去和他们对歌，唱得兴高采烈。"高山清，涧水蓝，阿里山的姑娘美如水啊，阿里山的少年壮如山。"悠扬的歌声和着香烟飘到很远很远。我想走在天长桥上的人一定感到很抒情吧。

　　日月潭的潭水堪称绿如翡翠，碧波荡漾的水非常洁净，仿佛是在深山里隐藏几千年。据林先生说，该潭的水用来给台湾全岛百分之七十发电，可是发电站建得非常隐秘，卫星都找不到。整个日月潭在蒋介石在世时是禁地，只供老蒋夫妇居住游玩，我觉得它可能让他们想起了庐山风光。他们在潭里特地养了一种家乡的鱼。游日月潭时午餐是自理的，我在附近的邵族餐厅要了碗牛肉汤面，里面的菜可能都是当地的草，六十台币。

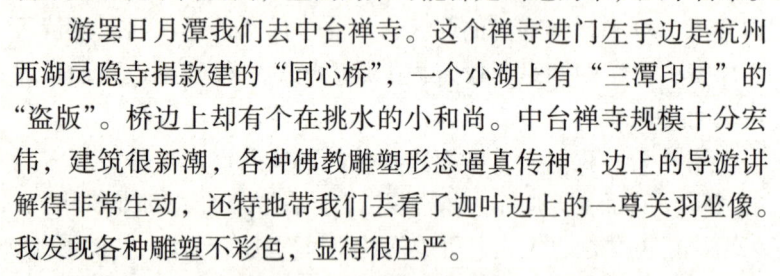

　　游罢日月潭我们去中台禅寺。这个禅寺进门左手边是杭州西湖灵隐寺捐款建的"同心桥"，一个小湖上有"三潭印月"的"盗版"。桥边上却有个在挑水的小和尚。中台禅寺规模十分宏伟，建筑很新潮，各种佛教雕塑形态逼真传神，边上的导游讲解得非常生动，还特地带我们去看了迦叶边上的一尊关羽坐像。我发现各种雕塑不彩色，显得很庄严。

　　我们一行人在台中的中商圈用了晚餐，领略了一下台中市区的夜景和它的繁华。第二天从台中出发经过埔里，林导介绍说埔里的米粉很出名，因为那里的水质好。那里由于长寿人口多，很多日本人退休了来此居住。

　　到达台北时已近中午。我们在车上看了"总统府""太子府""二二八纪念广场"，接着就到"中正纪念堂"。该纪念堂门面已改成"自由广场"，不过占地面积之大，蓝顶的琉璃瓦直上蓝天，建筑的宏伟壮观出乎我的意料。在四楼看完卫兵交接仪式后极目眺望，左右两栋副楼金碧辉煌。我们从大孝门出来集合，发现街上没有什么行人和车辆，很安静。

我由台湾的朋友带到著名的"诚品书店"，发现有许多台湾作家的名字我是完全陌生的。当然大陆作家的作品在那里也有几个专柜，不但有阎连科最新的小说《炸裂志》，他们的当红作家张大春的大部头作品《李白》也在热卖中，不过台湾的书的价格比我们贵大约一倍吧。

游台北故宫博物院的时候碰到了几批日本中学生，大约是初中生，也有年老的日本人。我见到了台北故宫的镇馆三宝，也看到了唐寅的书画。觉得里面的设施很先进，有最新的光影设施。我特地到楼下买了件很小的"毛公鼎"作纪念。

最后一天我们参观了三义木雕，在附近的药店买了些感冒药、胃肠药。他们的制药业比我们好，药的疗效好，副作用小。

台湾五天就这样来去匆匆，可以说是马不停蹄吧。今年正好是马年，我希望自己的事业能够骎骎日上，马到成功。

香港的霓虹

20世纪50年代末至60年代初，正值全国困难时期，就连最繁华的上海，很多人都吃不饱饭，许多饭店都关门了，就是没有关门的店里也没有东西卖，想上饭店要有特殊的票子。

可就是在这个时期，上海各大影院放映了许多香港片，这使得饿着肚子的市民精神不饿，这种画饼充饥勾起了上海老市民对昔日大上海的回忆与温情，更引起了一些小青年对香港繁华的向往，在他们眼里，"香港连霓虹灯都比上海亮！"对许多女青年来说，能够嫁到香港，成为香港人，便是她们的人生梦想，厦门的女孩子何尝不是如此？

我小时候的厦门没有霓虹灯，就是中山路上也没有。外国有位作家说："人们可以把梦想带进奥斯维辛，但却不能把可口可乐带进去。"我把这句话换个说法："人们可以把理想带进厦门，但却不能把霓虹灯带进来。"厦门那时是海防前线，有时夜里派出所会打着手电筒来查户口呢！刚粉碎"四人帮"时重新放映了"文化大革命"期间被打成大毒草的影片《霓虹灯下的哨兵》，里面有一位农村出身的战士经不起资产阶级糖衣炮弹的攻击，蜕化变质。我到厦大大礼堂看了这部影片，才知道什么是霓虹灯。

光阴荏苒，一转眼我已年过半百了。今年冬天，我终于第一次踏上了香港的土地。当我过了海关上车时是正午，阳光下的香港显得有点像个疲惫的老妇人，不像我想象中的那么迷人。

倒是海洋公园充满了青春的活力，到处都是人山人海。

随着夜幕的降临，霓虹灯闪烁了起来。我们这时候正在紫荆广场看士兵降旗，周围就是著名的维多利亚港湾。我突然发现夜幕下的香港是那么美丽，犹如十七八岁的少女，风情中带着娇羞，那一闪一闪的霓虹灯，仿佛在向我诉说着它的辉煌、它的梦想。老作家巴金有篇散文《繁星》，写船经过香港海域，看到一座星的山，那就是香港，可见香港的霓虹灯早就闻名于世了。

晚上我就在轮船上用餐，夜游维多利亚港。大家一个劲地拿手机、相机拍照。我注意到霓虹灯里有"创维 TCL"和"中国太平"等招牌，这时，旁边有个中年男人唱起了"东方之珠，我的爱人，你的风采是否浪漫依然""让海风吹拂了五千年，每一滴泪珠仿佛都说出你的尊严，让海潮伴我来保佑你，请别忘记我永远不变黄色的脸"。随着歌声的起伏，我的眼睛有点湿润了，我想起一个嫁在香港的少女时代的同学和好友，不知她过得怎么样？

屈指算来，香港已经回归祖国十八年了！导游提起去年发生的"占中"事件，说香港是被宠坏的孩子。大陆这十八年来给了香港太多的好处，是人要讲良心啊。

我前两年去过上海，看过黄浦江两岸的美景，感到改革开放三十几年后，上海的霓虹灯一点都不比香港的逊色，就凭这一点，我为上海感到骄傲。我天天看到厦门夜晚的霓虹灯，也一点不比香港的逊色，就凭这一点，我为自己是个厦门人感到自豪。

深圳的气味

每一个城市，都有自己的气味。我在厦门软件园二期的望海路 39 号六楼厦门大学出版社上班，每当雨后，空气中有着很浓的青草的味道。我的住家楼下，每隔一段时间，园丁会用割草机割草，割过之后，空气里也满是青草的气息。因此，我认为厦门的气味就是青草的气味。

去年底，我到深圳的同学家小住，同学家住在"世界之窗"对面的"世界花园"，只觉得一眼望去，林木蓊郁苍翠，空气非常清新。也许是深圳比厦门更南方，树木长得更高大碧绿，我闻到的气味，是种林木的气味。那几天天气时阴时雨时晴，厦门的空气质量变成了福建省倒数第几名，而深圳这个有着一千多万人口的大城市，空气质量居然是全国第一。

我到深圳的第二天，同学陪我去梧桐山风景区郊游，她和五位退休或想退休的同事一起，边走边聊边看，那里是深圳郊区，只见龙眼、荔枝树等都比厦门的高大茂盛。她和这些同事都来自全国各地，把青春和汗水都献给了改革开放后的第一个经济特区，因此，他们是深圳建设的功臣，目睹了深圳的巨变。有一位来自湖南的邓姐，退休后特地在这一带租房子住下，上午爬山，下午散步，因此人显得非常年轻、精神。

同学陪我逛了"世界之窗"后，还陪我去了"海上世界"，我看到了"女娲补天"的石雕，只见女娲把一块巨石双手高举起来，不像补天，有点像要去填海的味道，觉得不如我们的

"白鹭女神"漂亮。倒是周围的酒吧咖啡厅到处洋溢着欧陆风情,还看到几个女老外在喝咖啡逗狗。

在蛇口邓小平的巨幅照片旁,我看到了深圳的繁荣,感受到了它前进的脚步。我们在"经济100"大楼的四楼吃午饭,它的繁华和美丽,给我留下了深刻的印象。

去蛇口的大道非常宽阔,路旁也都是花草树木,据说这也是深圳一景呢。途中,我看到了顶上有只眼睛的深圳报业大厦以及戴着顶官帽的招商银行大厦,同学的丈夫就在里面上班。

深圳之大超乎我的想象,深圳的空气之好更是出乎我的意料。

大学不制造齿轮和螺丝钉

洛伦兹是奥地利的动物行为学家,获得过1973年诺贝尔生理学或医学奖。他从动物行为中揭示出动物的攻击性的本源。动物的本能中,除了食、性,又加入一项:攻击。推及人,亦如此。其实所谓恶,是指人的动物性。如果没有对人的动物性有逐步的教化,人就是动物,他会因为夺取食、性资源而导致种的灭绝。宗教说的人的原罪和贪欲,都是指的人的动物性。所谓文化,就是用"文"来对人的先天的动物性进行教化,用来束缚我们的动物性。蔡元培先生曾提出以美育代替宗教,其实两者是不可替代的。美育是美育,宗教是宗教,各有其作用。

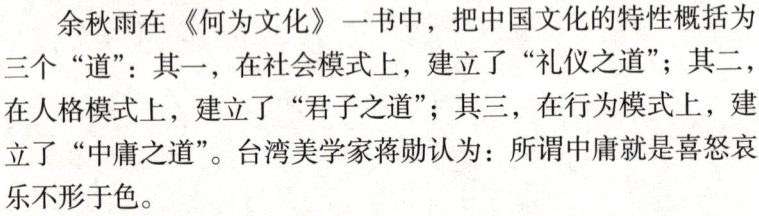

余秋雨在《何为文化》一书中,把中国文化的特性概括为三个"道":其一,在社会模式上,建立了"礼仪之道";其二,在人格模式上,建立了"君子之道";其三,在行为模式上,建立了"中庸之道"。台湾美学家蒋勋认为:所谓中庸就是喜怒哀乐不形于色。

我认为,中华文化的特质在于一个"和"字。所谓"君子和而不同,小人同而不和"。可是,这个特质曾经在动乱中被摧毁。余秋雨说:"当今中国文化的惰性耗损,主要耗损在官场化、行政化的体制之中。直到今天,最重要的文化资源仍在体制之内,而最重要的文化成果却在体制之外。"他还说:"在文化领域,任何恶性耗损几乎都不必支付最低成本和代价。时间一长,文化耗损者的队伍大大扩充,文化建设又何从谈起?"余秋雨的这些话，体现了一个作家的敏锐和洞见。这些问题，在大学的文化建设中同样不可忽视。

在美国有许多著名大学，要求学生在入学后两年内要修很多人文类课程，因为他们认为大学要培养的是有人文精神的人，而不是机器，不是齿轮和螺丝钉。他们的这个做法值得我们借鉴，这样或许会避免"马加爵案"或者复旦大学投毒案的悲剧重演。

我看当前中国小说的繁荣景象

改革开放之后的三十年，是当代文学繁荣发展、名家辈出、杰作不断涌现的时代。到目前为止，中国可以说进入了相当于欧洲19世纪的批判现实主义时代。由于当前文化环境的宽松、电脑的普及、国人整体素质的提高，加上出书的便利，可以说中国文学已经进入了史无前例的大好时期。

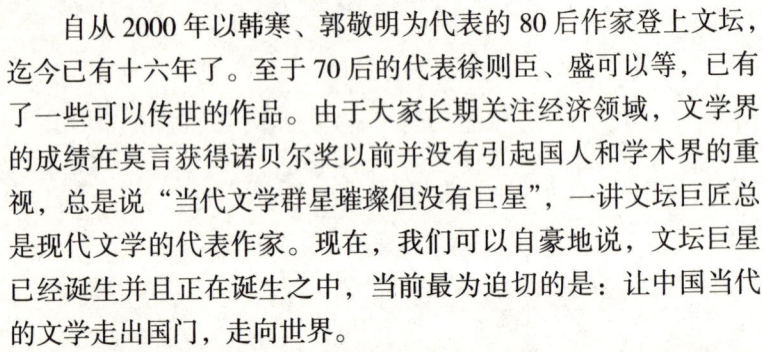

自从2000年以韩寒、郭敬明为代表的80后作家登上文坛，迄今已有十六年了。至于70后的代表徐则臣、盛可以等，已有了一些可以传世的作品。由于大家长期关注经济领域，文学界的成绩在莫言获得诺贝尔奖以前并没有引起国人和学术界的重视，总是说"当代文学群星璀璨但没有巨星"，一讲文坛巨匠总是现代文学的代表作家。现在，我们可以自豪地说，文坛巨星已经诞生并且正在诞生之中，当前最为迫切的是：让中国当代的文学走出国门，走向世界。

当今中国长篇小说的年出版量是4000部，因此，难免鱼龙混杂，文学界可能会有遗珠之憾。至于中短篇，更是繁花似锦，美不胜收。既有表现乡土气息的厚重质朴的作品，也有许多反映都市生活的方方面面，触及都市各个角落的人物的作品。今年的《人民文学》发表一些网络作家的小说，可见我国小说创作的作家之多、作品之多。

就拿女作家来说，如果说50后的王安忆、严歌苓、叶广芩、王小鹰、方方、池莉、范小青、黄蓓佳等作家反映了城市生活的各个层面，刻画了形形色色有典型意义的人物的话，那么60后的作家如林白、陈染、虹影、须一瓜、北北所写的人物也都有自己的独特性，不论取材还是语言，都有自己独特的风格与个性，可谓独具匠心、独辟蹊径。至于70后的盛可以与魏微以及80后的草白，更倾向于为当今城市底层的年轻女性做代言，这些都是当代中国文学可喜可叹的成就与收获。

当代小说不仅有许多现实主义的代表作，也有许多以创造性想象为主体表现的作家作品，如阎连科、莫言、残雪等的作品，这些作品似乎更受老外的青睐。遗憾的是，我们的文学评论较为薄弱，没有能够跟上文学作品大繁荣的步伐。这个将有赖于大学学者的努力。

散文

中国式大众时代的出版业及我们的文化担当

一百七十多年前,法国历史学家扎克维尔敏锐地捕捉到"大众"出现在了历史地平线上。半个世纪后,法国人古斯塔夫·勒庞发现,大众的理论能力非常可疑。又过去半个世纪,1930年西班牙哲学家加塞特发现了"大众灾难"的秘密:纳粹德国不过是大众集体非理性的合乎逻辑的结果。"大众"这一概念,隐含着是"现代社会"的产物。以宏大叙事、激昂理想为特征的"大时代"和以个体、群体的小情趣、小偏好为特征的"小时代"恰恰和"大众""现代社会"这两个概念息息相关,他们都是公共领域裂变的结果,我认为就像是一枚硬币的两面。

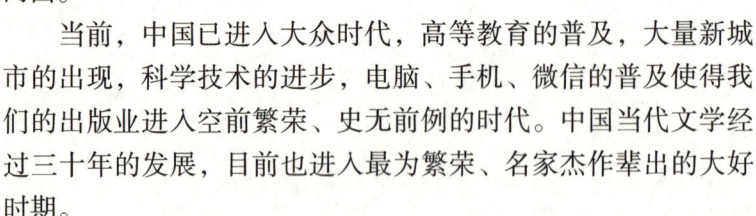

当前,中国已进入大众时代,高等教育的普及,大量新城市的出现,科学技术的进步,电脑、手机、微信的普及使得我们的出版业进入空前繁荣、史无前例的时代。中国当代文学经过三十年的发展,目前也进入最为繁荣、名家杰作辈出的大好时期。

中国社会自古以来就存在着游民阶层,这个特点在当前随着大量人口涌入城市而更加壮大。以前城市里有说书、戏院,现在主要看电视、电影。因此,大众其实从来没有变,几百年来都是那些人,他们所追逐的东西在他们心理上的功能也从来没有变,无论它是国家、民族、名利,还是偶像,都是精神或心理寄生的对象。但是，公共领域的构成机制变了，大众在精神上、心理上寄生的对象变了，时代特征也随之变化。如微信的使用，使人们在社交方面就改变了，万里之外的朋友形成一个圈子在掌上聊天，坐在一起的亲朋互相不聊天，这就造成面对面的人们更多的隔阂和不信任。无论是作为"大时代"还是"小时代"的主角，大众都共有同一种东西：焦虑。比如身份的焦虑、话语权的焦虑、性的焦虑等等。还有环境的恶化、毒食品、假药等的出现，更使人感到人心不古，骗子遍地。出版业同样存在信用问题、信念问题、信心问题。现在是"怀疑一切""重估一切价值"的时代，因此出版业在遇到空前机遇的同时也遇到了前所未有的竞争和挑战。许多作者宁愿舍近求远，到万里之外的地方出书，而不是就近解决，因为现在有电子邮件，有手机，有快递，到外地出书并不会麻烦。

　　"大时代"中的中国人，显然排斥孤立、冷漠、价值相对论，但就"小时代"的大众，其背后关于唯我主义、相对主义、享乐主义的预设而言，在精神旨趣上恰恰和"大时代"所要求的精神旨趣构成冲突。比如"小时代"，赚了一个亿，但是美国人认为其是在炫耀财富和男权；有些小品，美国人觉得靠取笑残疾人和弱势群体能赚几个亿太不可思议。这些事可以看出美国文化的大气，有社会担当，而我们有暴发户心态，欺负弱者。

　　鲁迅说过："书坊专为牟利，是不好的，这能使中国没有好书。"爱尔兰的著名作家乔伊斯的代表作《尤利西斯》是出版社赔钱出的，因为它过于创新、前卫，在大多数人看来像天书。当今我国的出版社，可以说没有一家会做这种傻事，这就可以看出我们和西方的差距。

　　作为大学出版社，我们应当做大众时代有文化责任感和使命感的出版人，自觉担当起引领大众、传播正能量、维护社会的公平和正义、守护社会良知和良心的角色。福建在近代史上出过严复、林琴南、冰心等有文化担当的历史名人,当前,更是呼唤能够有"铁肩担道义,妙手著文章"的巨人出现,有厦门大学做我们的靠山,相信我们的出版社能够越做越好,越做越大,走出福建,走向全国,走向全世界!

我看"屌丝"一词的流行

"屌丝"一词的流行,反映了中国文化中低俗、鄙俗的一面,有位著名女作家表示她不能接受。然而,黑格尔说,凡是现实的都是合理的。就像当今满大街的洗脚店,而许多书店都倒了,你不能接受这个现实也得接受啊。

中国古代由于没有终极意义上的宗教信仰,这使得我们的文化自古就有低俗、鄙俗的一面。比如太监和女人的小脚,非常惨无人道,更不用说"脏汉臭唐"宫廷中的肮脏事。有个乐府诗题《杨叛儿》,它是这样来的:南齐皇帝萧昭业皇后叫何婧英,她有个面首叫杨珉之,是个女巫的儿子。杨珉之年纪不大,美貌异常。他从小就被带进宫里,长大后即受到何婧英的宠爱,与同寝处,如伉俪一般。杨珉之亦为萧昭业所幸,常侍内廷。此等丑闻传到民间,老百姓编了童谣唱道"杨婆儿,共戏来"。因同为帝、后两人的"伴儿",遂名"杨伴儿",后写为"杨畔儿""杨叛儿"等。这事《旧唐书》和《新唐书》的《乐志》里都有记载。随后,"杨畔儿"被人当歌儿唱,演变为乐府曲名。李白有首《杨叛儿》,开头就是"君歌杨叛儿,妾劝新封酒"。这个大诗人李白,是唐玄宗的胞妹玉真公主的情人,他有一首《玉真仙人词》就是献给她的。李白因为有政治抱负,第一个妻子娶的是前朝宰相的女儿。

宋代"奉旨填词"的柳永,可谓文人中的"屌丝",因为他一辈子在妓院里,写好词后给妓女唱,最后死时,也是妓女出

散文

钱埋葬他。

中国传统政治文化中，底层要想进入高层，除了科举外通常就是走女人的私门，如王维虽然很有才华，但他入仕走的是太平公主的私门。可见法国的于连中国早已有之。其实只要有才华，管他走的是什么门，总比买官卖官要好吧！

翰墨丹青绘春秋

——评《郑国松画集》

初识国画家郑国松先生，是在厦门市"半边楼书画院"，他是该院的常务副院长。看他的画册，才知道他已是中国美协理事、福建省美协会员。他1956年生于莆田，1983年毕业于福州工艺美术学校图案设计专业，曾长期在外企从事纺织品图案设计，业余画花鸟画，足迹遍及大江南北、长城内外，得到了著名吴默画创始人董文政、水墨画大师陈少平等名家的悉心指教。他尤其擅长花鸟画艺术，其画面中的对象有种虚幻与实体交汇叠加的效果，画面典雅清新，能够在传统的题材上讲究意蕴和情趣的表达，从而使得他的画有种隽永灵秀之气。特别是他笔下的荷花，用大写意的手法画得如梦似幻，清新脱俗，不落窠臼。对牡丹的描摹，则注重色彩的协调搭配，并采取多亮色的融入，从而将牡丹的高雅雍容之态表达得淋漓尽致。特别是古干又生春这幅蜡梅，作者画梅花虬枝的笔法很见功力，把梅开二度的主题很好地突出出来。还有一幅赏菊图，那画面上的小鸟画得栩栩如生，正站在高处低头看菊，我们看这幅画，会不禁想起"你站在桥上看风景，看风景的人在楼上看你"的美感，而且整个画面是圆的，让人想起"明月装饰了你的窗子，你装饰了别人的梦"，真可谓画中有诗啊。

郑国松的画取材于常见的花鸟、梅、兰、竹、菊等，近年来深受大众的欢迎和喜爱。哲学家维特根斯坦说："文化是一种习惯，或至少是一种先前规定的习惯。"他的画能够在继承传统的同时有所创新，令人在欣赏的时候产生一种赏心悦目的美感，从而达到雅俗共赏的效果。

翰墨丹青绘春秋。相信在未来的日子里，他能画出更多更美的图画。

诗　歌

昙花静静地绽放

比茉莉大气
比海棠高雅
在夜色下绽放
不招狂蜂浪蝶

为了一个晚上的盛开
你吮吸了月华和雨露
多么寂寞，多么顽强
却常常被忽略和错过

是仙女的纤指托出的杯盏
是诗人的心血凝成的华章
只有爱你的人能听懂你的吟唱
嗅到你的清香

昙花，月光之花
我愿作一只萤火虫
及时飞到你的身旁
用心摄下你的美丽和忧伤
然后向世界出版、播放

厦门，大厦之门

流水在数说着落花的故事
大海在诵读着厦门
中山路的骑楼是我的老家
鼓浪屿的别墅里充满了八卦
多少年潮涨潮落
多少载云卷云舒
厦门的故事是奶奶传给我的琥珀
厦门的故事是外婆唱给我的童谣

凤凰花张开火红的翅膀
龙眼树睁圆含情的眼睛
多少莘莘学子在缅怀陈嘉庚
多少先烈的英魂在保佑厦门
风起云涌时洞开大厦的门户
五湖四海的朋友是你辉煌的见证
厦门的故事是先生传给我的薪火
厦门的故事是老师留给我的作业

啊，厦门——大厦之门
洋紫荆托梦诉说你的骄傲
木棉花举杯为你英雄的荣光
你是海外赤子梦想的摇篮
当我唱起你时怎能不热泪盈眶

厦门风光诗十三首

软件园里的出版社

雨帘、雾霭
软件园是首简约的诗
幢幢楼房里忙碌的人们
如同辛勤酿蜜的蜜蜂

阳光乍现　雨过天晴
吹进窗里的风带着草地的颜色
感觉是一匹驰骋的骏马
在键盘上响起嘚嘚的蹄声

而我是那只围绕着马蹄的蝴蝶
正迷恋那上面花草的清香

胡里山炮台

洋务运动的果实
今天还在享用
克虏伯大炮
依然面朝大海

春暖花开的日子
游人如织
城堡宛如迷宫
只有墙上的榕树
风化了石头
斑驳了岁月

胡里山如今是
汽车的终点站
历史的启示录
清兵营的活化石

筼筜书院

白鹭洲上的白鹭
伫立在这里
聆听孩子们诵读
唐诗宋词

你小巧如历史的琥珀
精致而且古典
翠绿丛中掩映着
白墙黑瓦
在一湖碧水旁
曲径通幽

筼筜如琅琅圆润的书声
轻叩我额头
跳起的回音

西堤随想

富婆把别墅改成咖啡厅
一条长街都是
来钓金龟婿的小资
在黄昏时带上笔记本电脑
在看书的同时看人

附近的大厦叫维多利亚
住着成功人士
拐弯过去是钓鱼协会
华灯初上时
对岸的灯火成龙成凤
面对湖水
孤独的人只会
自己发呆

南普陀寺

从雾霾里来的人
且来这里洗心
放生池上的莲花开得正盛

普陀山以南的南普陀寺
有数不清的善男信女

当寺前的木棉花盛开的时候
寺里的签很灵验
从小到老我都是
寺旁的书生
听惯了诵经
看袈裟从灰色到黄色
我悟到的却不是佛

竹树礼拜堂

全市最平民的教堂
坐落在闹市中
闹中取静

登上一级级台阶
主在我心中
以玛内利

赞美诗和着钢琴声
飘得很远很远
今夜天赐安眠

迷途的羔羊千千万

你挑选了我
我当感恩

中山路步行街

中国许多城市都有中山路
厦门的中山路是步行街
历史在这里彳亍
有说不尽的繁华与落寞

曾经的绿岛不见了
东海大厦几易名称
金鹭首饰挂在颈项
莱雅是个很小资的名字

天仙旅社曾经住过郁达夫
如今还是怀旧的地方
台湾扁食和小吃摊
让游客尝点彼岸的味道

你永远是厦门的心脏
让人产生梦想的巢

金榜公园

那个叫陈黯的落第书生

在这里讲学时
弟子可有三千

金榜题名是读书人
一生的梦想和乐事
坐在这里垂钓的不只是功名
头发从黑到白

如今的公园风光无限
到处是退休的老年人
喝茶、下棋、打拳
一辈子很长也很短

五缘帆影

无数白帆在蓝色的海面舞蹈
是无数蝴蝶飞向鲜花
你是一首大海的交响诗
天堂的鸟降落在人间

五缘湾上的五座桥
沟通天缘、地缘、人缘
还有你我的血缘、亲缘
五缘湾是生命的港湾

渔人正要抛锚回家

家中的老伴正把灯点亮
煎鱼的时候可别翻啊
五缘湾是对生命的祈祷和礼赞

沙坡尾

厦门港的避风坞
疍民聚居的地方
听说很快要被取代
因为这里不美丽
配不上美丽的厦门

根从何来并不重要
千百年可怀旧的东西太多
现代化的进程中
这些是落后和愚昧

黄昏中的船坞镀着金色
在讲述着曾经的沧桑
将来还会有这个地名吗
沙坡尾
一声一行泪

万石岩植物园

桥似玉带　湖如镜子

无数的棕榈海枣和蒲葵
在这里谈笑聚首　看
雪松借来北国冬景
兜兰捧出江南春色

象鼻峰、万笏朝天和石笑
听老人捻须述说它们的典故
巨大的仙人掌和仙人球在高山
讥刺这人间的滚滚红尘

小平种的香樟已如巨伞
茅盾题写的园名满是文化
松杉园的仙鹤从何处飞来
年年都有百花在这里争艳

双子楼的遐想

像两把水果刀
刺向苍穹　对天发问

金字塔不是由奴隶建成
没有自由的人
会向苍天讨要公正
如今的城市里
既无燕雀　也无大鹏
欲与天公试比高
要刀干啥

每天把太阳光反射
山外山的夕阳
因此不再遥远
我的书房从此要拉上窗帘

西村一日

清晨五时的东南海面
浮现海市蜃楼的美景
靓丽了我一天的心情

汽车的尾气飘在阳台上
让正午的阳光充满阴霾
报站的声音充斥于耳
一天就这样过了大半

白鹭在演武池上飞翔
在池边的小树上栖息
一叶小舟打捞池面的垃圾
湖水泛起阵阵涟漪

今夜万家灯火时
楼下有跳广场舞的大妈
演武公园有嬉闹的孩子
还有自助图书馆以及
卖奶茶的叫作 KISS 的店家

少女·老妇·破碎的心

琐窗朱户辉映着斜阳
宽阔的客厅里
沙发静默地等着你来

当你不来
我愤怒地发着短信
冥冥中有只蝴蝶飞来
停在香炉上

你是我前世今生的盼望
半生的等待
为你头白

你的女儿好漂亮啊
当你从手机上翻出她的照片
我才明白自己是何等失败

生命的礼赞

绍兴的乌篷船
是我们相识的地方
却顾所来径
在翠微之中
你挽救生命
我书写梦想

时代的机遇和命运的缘分
让我们登上了厦门的舞台
你唱的是生命诚可贵
魂兮归来——应我的是杜丽娘

我们都是看到人生幻光的人
追求日月同光的人格理想
红尘滚滚中我愿意是春雨
滋养美丽的鲜花
献给你奋斗的胸怀

其实我们并不是相爱

其实我们并不相爱
我们只是在寒冷的夜晚
就着篝火坐着
聊聊天,谈下业务技术
或者各自的运气

可是谣言就像乡村
黄昏后你我头顶上的蚊虫
在我们的名字上面聚集
想要毁掉我们的友谊
当我们在路上相遇的时候
认识的人会显出嘲讽的神情

其实,我们并不相爱
我们只是两颗黑夜里的行星
相互欣赏各自的光芒
却永远不会交汇

屋子里的滴水声

像雨后屋檐的滴水声
却没有故乡的天井
在屋子里滴答滴答
从屋顶到脸盆里
一滴滴坠落的是
沧桑岁月的回响
令我想起童年时
同样的情形

公寓大楼没有隐私
楼上拉动座椅
楼下都能听见
隔壁家的门铃声很熟悉
就连接电话的声音
偶尔也很清晰

上上下下的电梯
在上下班时很拥挤
谁家来了客人
整个楼道都是炊烟味

很多人只是面熟而已
并不知道姓名和门号
家长里短的传播
是在小区的长椅
那里总有一排
晒太阳的老人

梦想寓言

每个年轻人都有梦想
她带着我们飞升
越过乡村越过城市的高楼
猫在看钟在敲
天气很好能见度不高
我要飞得很高
我能飞得很高

为了实现梦想
我祈求上苍
企求乘的不是
气球

玛琪雅朵花海

——纪念"三八"妇女节

天上的彩虹降落大地
我走过去有种踏实的感觉
雨中撑开一路花伞
是群仙女下凡追花

执子之手,爱在人间
我一辈子都是画梦人
用镜头摄下花的美丽
用文字记下花开的声音

玛琪雅朵
每次从口中吐出你的名字
唇舌之间总会带着颤音
仿佛是在凭吊过去
仿佛是在憧憬未来

山重村古民居

鹅卵石和花岗岩筑成的建筑
历尽千百年岁月的沧桑
古老的樟树上面
每一个年轮都播放着
悲欢离合的回声

山重村　山一重又一重
掩藏着多少古老的故事
让今天的我们去踏青
让未来的青年去寻梦

诗歌的子弹

天涯海角的你
用诗歌，词语的子弹
穿过时空　穿过河流和山川
穿过血脉　击中了我
让我躺倒中枪

用纸笔作答
用电脑唱和
阳关三叠　我没有酒
且用纸叠一只飞机
去飞越关山千万重
去泅渡友情的河
岁月的河

熬成药渣子的人

（代跋）

著名作家毕飞宇说："作家与写作之间其实是一种生命共同体的关系，作家把生命中最好的东西都放到写作中去了，所剩无几，自己就像熬完药剩下的渣。"这个比喻我认为比钱钟书先生的鸡与蛋的比喻来得更为形象和贴切，因为它更能体现写作的艰辛。那种天天能泼墨成文，每天写几十万字的天才毕竟是少数，我不是天才，之所以写作是因为它给了我乐趣。我把自己熬成了药渣子。

《收获的时间》是我的第三本书，是我用大半生来熬的一帖药吧。在我年轻的时候，多病的母亲常年熬中药，家里总有股中药味。熬中药是很麻烦的事，一不小心，药溢出来，炉火就灭了，再不小心，就熬焦了。那时没有电子熬药炉，只有煤炉，后来才有煤气灶。我因为常帮着看炉子，知道这个麻烦，因此，我现在身体不好，却懒得去看中医。人有很多病是气出来的，看书写作，或许能不那么爱生气，能够沉迷其中，做好了，就是好人。

人有病，天不知。你知，我知，人知就好。

感谢复旦大学作家班的同学、现青海省作协副主席、著名诗人郭建强为本书写的序言。